AF314893

# GUSTAVE GUICHES

# Le Petit Lancrit

ROMAN

"LES ŒUVRES INÉDITES"

J. FERENCZI, ÉDITEUR
9, Rue Antoine-Chantin, PARIS (14e)

Imp. Henry Maillet
3, Rue de Châtillon
∞ ∞ PARIS ∞ ∞

# Le petit Lancrit

*LES ŒUVRES INÉDITES*

PUBLIÉES SOUS LA DIRECTION D'HENRY FERENCZI

## GUSTAVE GUICHES

# Le petit Lancrit

ROMAN

PARIS

## J. FERENCZI, ÉDITEUR

9, RUE ANTOINE-CHANTIN (XIVᵉ)

1921

# Le petit Lancrit



I

## Une entrée en matière

— ...... le petit Lancrit ? Que je le reçoive chez moi ?... Ah ! ça non, par exemple !...

Et Pécal, celui que nous appelons « notre Alain Pécal » croisa, sur ses caleçons de soie noire, sa robe de chambre, comme s'il fermait sa porte à deux battants. L'auteur à la mode s'adressait à son ami Boissort, l'auteur démodé.

— Ah ! bah !... fit celui-ci.

Il parut si surpris qu'il regarda curieusement autour de lui. Se serait-il trompé d'étage ? Mais non ! C'était bien ça, le cabinet de travail que tout Paris connaît, la table Louis XVI, les gravures anglaises, les reliures uniques et pourtant innombrables, les fauteuils profonds, tout jusqu'à la célèbre robe de chambre qui est, à l'extérieur, un froc austère de bénédictin, et, à l'intérieur, un chaud peignoir éponge. Tout paraissait harmonieux et comme souriant à l'indiscrétion d'un invisible reporter. Une pendule qui sonnait dix heures eut l'air de répondre à dix questions et, cependant que Boissort répétait : « Pas possible ! » Pécal offrait une cigarette à son ami stupéfait.

— Hein ? Ça t'épate, mon vieux ! Ça t'épate que je manque de transport pour ce petit jeune homme que le monde s'arrache ? Et pourtant, c'est comme ça ! Je ne pontifie pas. Tu peux m'amener le dernier des petits mitrons de lettres qui font des petits gâteaux pour les petits théâtres ma porte est grande ouverte. Mais le petit Lancrit, jamais, tu entends bien, jamais !...

— Pourquoi ?

— Parce qu'il m'horripile ! Parfaitement ! J'ai horreur de sa pose, de ses complets en tutus de danseuse, de ses yeux qui vous guettent et de la galoche en barbe blonde qui lui sert de menton. Ma parole, il m'agace à tel point, ce gamin-là, que si je l'aperçois, je l'évite car je sens que le moutard va me monter au nez !...

— Tu blagues !...

— Pas du tout ! J'ai mes raisons pour ça ! C'est le gosse d'aujourd'hui, ce joyeux bébé, le gosse insupportable, le gosse riche, qui fait des saloperies de luxe, le gosse arriviste qui traite d'impuissance à puissance et qui, dans les couloirs de générales, envoie son petit cerceau dans les jambes des grandes personnes pour les faire tomber ! Eh bien ! non, ça me dégoûte, ces rosseries d'enfant, et ce bluff m'exaspère. Est-ce que nous bluffons, nous autres ? Ainsi, toi, l'insuccès t'accable en ce moment, et, certes, c'est injuste. Mais, sacrebleu ! tu n'essaies pas de faire croire que tu as du succès ? Tu as l'air digne et embêté qui convient ! Tu attends la revanche en silence. Tandis que ce jeune bougre-là, il remporte une veste à trois manches sur un théâtre de douzième ordre, et ça y est, trois petits fours et puis s'en va ! s'en va prouver au monde que c'est un triomphe et qu'il a du génie !

— Et ça lui réussit ! riposta Boissort. Car il n'a pas attendu le succès, comme toi et moi, vingt ans dans les cafés ! Il l'a du premier coup, lui, à vingt-trois ans et avec des relations qu'on n'a pas à ton âge !...

— Il les filoute ! exclama Pécal. Il force au besoin les serrures ! Il se volatilise même ! C'est un gaz et il pénètre chez les gens par les fentes des portes, comme les courants d'air ! Et on admire ! Eh bien ! non, moi je ne marche pas. Et Dieu sait pourtant tout ce qu'il fait pour s'introduire ici ! Il flirte avec ma femme, il flirte avec ma fille, il flirte avec ma maîtresse, même avec ma concierge, et il a tort, ce cher petit garçon, car il n'y a rien à faire !...

— Ecoute, sois gentil, supplia Boissort, il attend à la porte !

— Qu'il y reste !

— C'est ton vrai dernier mot ?

— Non ! Mon dernier mot pour lui, c'est : « Zut ! » et tu peux même lui dire, ajouta Pécal reconduisant Boissort silencieux de dépit, que s'il veut pénétrer chez moi, il faudra qu'il y entre en ramoneur ou en cambrioleur, par la fenêtre ou par la cheminée !...

Seul, il se mit au travail. Ça marchait à merveille. Le dialogue filait et les mots crépitaient quand, au bout d'une demi-heure, un toc-toc qu'on frappait à la porte lui donna un sursaut agacé.

— C'est ma femme, se dit-il. Tant pis pour elle ! Le mutisme et elle comprendra.

Il se mit même à chanter en silence :

Frappez, frappez ma belle !...

Cependant, le toc-toc devenait impérieux et l'auteur achevait sa ritournelle : « Frappez, frappez touj... » quand la porte s'ouvrit violemment et un jeune homme entra : Lancrit lui-même, tendant le bras comme pour arrêter un geste d'expulsion et implorant : « Maître, pardonnez-moi !... »

— Vous ?

— Ecoutez !...

— Pas un mot ! intimait Pécal, debout. Sortez, monsieur !...

— Il faut que vous sachiez...

— Rien !

— ...Ce qui vient d'arriver.

— Je m'en f... !

Mais, dominant la voix du maître, Lancrit prononça :

— J'ai giflé votre ami !

Pécal tressauta.

— Vous dites ?

— J'ai giflé votre ami !

— Boissort ? Vous avez giflé Boissort qui vient de me faire votre éloge ?...

— Parfaitement ! J'estime que j'ai accompli mon devoir.

— Ah ! ça, vous êtes fou ? Qu'est-ce qu'il vous a donc fait ?

— L'injure la plus grave, déclara Lancrit, posément. M. Boissort a cru que, furieux de votre refus, je m'associerais à son ressentiment, et il s'est mis à déblatérer contre vous, affirmant que vous vous comportiez envers vos confrères comme « le dernier des mitrons de lettres qui font des petits gâteaux pour les petits théâtres ! »

— Il a dit ça ?

— Textuellement! J'ai voulu le calmer. Je lui ai dit : « M. Pécal aura beau m'humilier, il sera toujours, pour moi, le maître admiré, le maître respecté, le maître vénéré ! » Mais il s'est emporté et il a dit que vous lui aviez volé des idées pour deux cent mille francs. Alors l'indignation s'est emparée de moi. Je l'ai prié de se taire. Il redoublait. J'ai perdu patience et, ma foi !...

— Vous avez bien fait ! claironnait Pécal. Ce n'était pas une gifle qu'il fallait lui flanquer, à cet animal-là ! C'était une volée ! Ou plutôt, vous en aller tout simplement en haussant les épaules et ne pas vous ficher une affaire pour la gloire d'un homme qui vous a maltraité !...

— Eh ! que n'importe, cher maître ! riposta Lancrit dans un élan soudain. Que m'importe, si cette affaire me vaut l'honneur d'être accueilli par vous !...

Pécal le regarda. « Mais il est très bien, ce garçon-là ! » pensait-il. Son élégance lui semblait être de bel aloi dans le complet prune qui l'enjuponnait ainsi qu'une danseuse. Il lui parut jeune, charmant, timide et fier. Et, après cette pause :

— Lancrit, vous êtes admirable ! proclama-t-il, du haut de son fausset. Mais vous pensez bien, tout de même, que je ne suis pas tout à fait une bête. Tout ça, c'est du théâtre, et voilà qui m'enchante ! Vous faites une affaire superbe ! Vous vous débarrassez de Boissort qui vous tape. Vous avez un duel retentissant et vous forcez plus que ma sympathie, ma reconnaissance, c'est-à-dire toute mon amitié. Mon cher, asseyez-vous.

— Mais je ne voudrais pas...

— Silence ! Ou j'arrange l'affaire !

Et lui offrant une cigarette :

— Albert, c'est entendu, mon vieux, tu déjeunes avec nous !

## II

## Uns affaire d'honneur

L'embêtant, pour le duel Boissort-Lancrit, c'était qu'à l'heure même où il aurait lieu, serait jouée, en répétition générale, à la Comédie-Moderne, « Ardente ! », la pièce de Boissort.

Et pas moyen de remettre au lendemain. Boissort ne voulait pas. Par crânerie ? Pas du tout. Boissort redoutait un échec et son duel était, dans sa pensée, un alibi plus encore qu'une affaire d'honneur.

— Je n'aurai pas un chat ! se disait Lancrit, en songeant au terrain.

— Je n'aurai pas un chien ! se disait Boissort, en songeant à sa pièce.

Au fond, Lancrit se sentait enchanté. Cette affaire d'honneur était réellement pour lui une bonne, une excellente affaire ! D'abord, comme témoins, il avait Pécal, un roi du théâtre ; le duc d'Arcimont, un roi du monde, et le chirurgien Drouard, un roi du couteau ; tandis que Boissort, quelle misère ! un romancier catholique et un capitaine d'infanterie qui serait en civil !

De plus, ridicule à l'épée ! Donc, à moins d'une surprise, c'était couru, Lancrit serait vainqueur, et voilà justement ce qui le chiffonnait ! A l'égard de Pécal, en effet, cela allait tout seul. On savait la cause de ce duel et qu'en somme, c'était pour le venger des propos de Boissort que Lancrit se battait. Il tenait donc Pécal.

Mais Boissort ? Il n'était plus, en ce moment un monsieur négligeable. On jouait sa pièce. On annonçait un four. Mais si on se trompait, l'auteur discrédité remontait et, d'un seul coup, il rattrapait Pécal. Alors ? Valait-il mieux l'atteindre ? Fallait-il l'épargner ? Que faire ? Et, soudain, il songea : « Suis-je bête ? A trois heures, deux actes d' « Ardente ! » seront déjà joués. Des amis lui apporteront des nouvelles et je réglerai mon jeu sur les derniers tuyaux ! »

Pécal, lui aussi, se sentait rayonnant. Il ne souhaitait pas, certes, que Boissort écopât dans des largeurs trop graves. Mais, tout de même, la petite blessure, celle qui ne met pas l'existence en danger, celle qui rendrait seulement le travail difficile. Ce serait une juste leçon ! « Et avec ça que Boissort se gênerait, s'il était à sa place, pour m'envoyer à grands coups de souhaits quelque part dans un monde meilleur ! Ainsi, pas de faiblesse ! » Et Pécal enflammait le zèle de Lancrit comme s'il n'avait en vue que le salut de son jeune champion :

— Et surtout, ne crains pas l'offensive, petit ! Attaque ! attaque ferme et, quoi qu'il arrive, n'est-ce pas, il est bien entendu que tous deux nous faisons alliance et que tu restes, comme moi, brouillé avec Boissort ?

— Pour la vie ! jura Lancrit.

— Et les deux amis avaient scellé ce serment en se serrant les mains.

*<br>* *

Autour du manège Victor, aux Champs-Élysées, les attelages piaffent comme à un grand mariage et les autos ronflent en canonnant l'avenue. Au dedans, six cents personnes s'écrasent. C'est l'élégant et le joyeux brouhaha.

On entend : « Très bien, Lancrit ! Très en forme ! — Et, dites-moi, quelle salle ! Tout le monde est ici ! — Mais alors, à *Ardente* ?. — Nous y sommes aussi ! — Non ? — Mais si. Nous en venons d'*Ardente*. On finissait le deux. Nous passons ici l'entr'acte, qui sera long à cause d'un décor et nous retournons au théâtre pour le milieu du trois. — Un succès ? — Pas encore ! Mais c'est très bien et si le trois marche, ce sera un triomphe. — Il ne marchera pas ! — Pourquoi ? — Les tuyaux sont mauvais, il a fait fausse route. — Et alors ? — C'est la tape, c'est la tape certaine, et, cette fois, c'est la fin de Boissort. — Comment le saura-t-on ? — Il y a le téléphone ! — Chut !.. »

— Allez, messieurs !

On se tait. Les photographes se voilent de noir et le duel commence dans le tonnerre et dans les éclats du magnésium. Tout de suite, Lancrit s'affirme. Il est supérieur. Il a entendu les rumeurs dénonçant l'échec qui menace Boissort et il a pris l'offensive. Néanmoins, celui-ci lui tient tête. Son attaque est maladroite, sa riposte trop molle, mais sa parade excellente. Alors, résolument, il pare. Il pare tout le temps. Dès lors, il devient l'intouchable et les pausés so succèdent dans la déception croissante du public et l'anxiété des témoins.

Visiblement, Lancrit s'énerve : « J'en ai assez ! a-t-il dit à Pécal. Il faut que ça finisse ; tant pis, je tire au ventre ! »

Les témoins se rapprochent. Face à face, les deux adversaires, déjà, se battent du regard. Boissort est très pâle. Lancrit a les pommettes rouges et les yeux injectés. Le duc va donner le signal, mais, tout près, le téléphone tinte. Qu'est-ce donc ? Un témoin s'élance et l'on entend des mots qui éclatent comme des applaudissements : « Succès ! Vous dites grand succès ? — Un triomphe ? — Parfait ! — Et combien dites-vous ? — Huit rappels ? — Admirable ! Superbe ! »

Après que les deux témoins ont embrassé l'heureux auteur, le duel recommence. C'est maintenant Boissort qui a les pommettes rouges et l'autre les joues pâles. Mais la fureur de Lancrit est tombée. Il est souriant. Un vent de déférence vient de souffler sur lui. On le sent plein d'égards et le désir de plaire a succédé, dans son esprit, à la rage de tuer. Il découvre même, non sa poitrine, certes, mais il offre son bras. Il a l'air de dire : « Mais allez donc, cher maître. Ça me fera plaisir ! » Et il l'offre de façon si aimable qu'à la fin, l'épée de Boissort ne sait plus résister à cette invitation et que la pointe pénètre dans le biceps de Lancrit, d'une poussée légère comme pour vacciner. Et ça y est. C'est fini. Mais non. Lancrit fait signe qu'il désire parler. Il s'avance vers Boissort, grave, la tête haute et, l'ayant salué :

— Maître, si vous pensez que j'ai payé de mon sang l'honneur de vous serrer la main, vous me ferez une joie infinie.

— De tout cœur ! accorda Boissort, qui était rayonnant.

Sans lâcher la main de son adversaire, Lancrit ajouta

— J'ai encore à solliciter une grande faveur !...

— Qu'est-ce que c'est ?

— Permettez-moi, à l'heure de votre juste revanche, de vous rapprocher d'un frère d'armes qui souffrirait de ne pas se réjouir avec vous de votre beau, de votre grand, de votre immense triomphe !

— Ah ! ça, mais dis-donc, est-ce que ça te regarde ?

A voix basse, Pécal s'emportait et jurait : « C'est une trahison ! C'est du chantage ! Une cochonnerie ! »

Lancrit lui montrait sa blessure, implorant :

— Vous voulez bien, cher maitre ?

— Parbleu ! tu m'y obliges, sale petite rosse !...

Et, à voix haute :

— Boissort, je suis content !

— Alors, embrassez-vous ! exigea Lancrit.

— Eh bien ! soit, sacredieu ! s'écria rageusement Pécal, embrassons-nous, puisque ça lui fait plaisir à cet enfant chéri ! Tiens, mon vieux, tiens ! Encore un baiser, veux-tu bien ? Et voilà ! Tu es content, gracieux jeune homme ?

— Ravi !

— Et tu dines avec nous ?

— Pas ce soir, cher maitre ! s'excusa Lancrit. Je dine chez Boissort. Mais demain, j'aurai l'honneur et la joie de déjeuner chez vous !...

Et, tout en le regardant s'éloigner au bras du docteur qui allait le panser, Pécal se disait :

— Il est intelligent, ce petit-là ! Mais, Dieu de Dieu, quel salop !...


## III


## La maternelle


— Vous savez le potin ? — Quoi donc ? — « La Maternelle » et le petit Lancrit ! — « La Maternelle » ? Quoi c'est ? — Une compagnie d'assurances ? — Mais non ! — Ah ! j'y suis ! C'est le nom d'un bateau, c'est le yacht de Lancrit ! — Lancrit n'a pas de yacht ! « La Maternelle »,

c'est Mme Pécal. — La femme de l'auteur ? — Elle-même !
— Elle vous aime ? — C'est stupide ! Mme Pécal en personne, je vous dis ! Mme Alain Pécal. — Mais pourquoi
« la Maternelle » ? — Oh ! mon cher, écoutez ! C'est bien
simple, pourtant ! On l'appelle « la Maternelle » à cause
qu'elle a l'air d'une poule qui couve, ou si vous aimez
mieux, un air de maman qui lui sied à ravir. — D'ailleurs,
elle l'est maman ! — D'une fille charmante qui a dix-neuf
ans. Mais Pierrette n'est pas son enfant, elle n'est que sa
fille ; tandis que son mari, le voilà son véritable enfant, et
je vous promets qu'elle veille sur lui ! C'est elle qui le bai-
gne ! — Oh ! — Parfaitement ! C'est elle qui le masse, et
qui le frotte, et qui le fait reluire, et qui le borde même
quand il rentre coucher ! — Vrai ? — Et pour la nourriture
donc ! Vous n'imaginez pas ! Ainsi, dans les maisons où ils
dînent, elle biffe les plats dont elle se méfie ! Jamais vous
ne verrez chez eux de la truite sauce verte ou le chevreuil
poivrade. « La Maternelle » empêche la truite et chasse le
chevreuil. Et pas un mot à table. Elle regarde Alain. Elle
encourage sa fourchette, elle calme son verre, elle gratte
la mie de son pain qui gonfle l'estomac et comme, les
jours de verve, il parle sans arrêt, on dirait qu'avec ses
yeux, elle lui passe un foulard autour du cou pour qu'il ne
s'enroue pas !

— Alors, que chantez-vous ? Son flirt avec Lancrit n'est
donc plus qu'une blague, et vous venez, vous-même, de dé-
mentir votre aimable potin !

— Mais ne croyez pas ça ! Une femme peut être maternelle avec son mari sans permettre pour cela que son mari
soit filial avec elle ! Et il est furieusement filial, notre Alain !
Surtout depuis trois ans ! Depuis qu'il s'est offert une folle
maîtresse ! Peut-être le sait-elle ? Il y a la vengeance ou,
simplement l'amour ! Elle est très belle, la Maternelle ! Et
pas plus de quarante-trois ans ! Pour une femme d'aujour-
d'hui, c'est l'été qui commence ! La grosse beauté blonde
et sincère celle-là, et réchauffante comme du bon soleil !
Et puis, Lancrit est un garçon malin. Le voilà à la mode !
Il est très séduisant ! Ils se voient chaque jour, car il a
forcé la porte de Pécal. A présent, notre Pécal et lui sont
devenus les deux inséparables, et Pécal a même, de temps
en temps, un petit air malheureux qui fait plaisir à voir.

***

Tel était le potin. Fallait-il le croire ? Ce qui est exact, c'est que, la veille même, la « Maternelle », devant la supplication de Lancrit, avait laissé tomber de ses lèvres : « Demain, après le déjeuner ! »

Il y avait près d'un an qu'il lui faisait la cour. D'abord, elle l'avait accueilli avec quelque surprise. Elle en souriait. Elle en riait même. Puis elle avait pris goût au flirt délicat et flatteur de cet enfant gâté du monde qui la préférait, elle, la « Maternelle », aux toutes jeunes femmes et aux jeunes filles avec lesquelles il tournoyait, élégant et glacé, dans les valses et dans les cotillons. Elle s'était bien un peu révoltée. Elle avait grondé. Elle avait même exigé qu'il s'arrachât à ses jupes. Mais ça n'était pas sincère, car, dès qu'il s'éloignait, elle s'attendrissait et, dès qu'il revenait, elle avait un sourire de reconnaissance et d'orgueil, et c'est ainsi qu'elle avait laissé tomber de ses lèvres cette promesse de soi-même devant l'imploration brûlante que Lancrit murmurait.

— Mes enfants, je vous laisse, déclara Pécal après déjeuner. On m'attend aux Auteurs.

Pierrette était à Saint-Germain et ne rentrait que le soir. Donc, ils étaient tout seuls. Un silence. Ils entendirent l'auto qui démarrait en bas et qui filait en tirant des salves. Alors, comme il se rapprochait, elle lui prit les mains et toute rose avec des yeux qui rayonnaient : « C'est donc vrai ? » lui dit-elle.

Il partit à fond :

— Je vous aime ! Je vous adore ! Je ne vis que pour vous ! Si je trahis, qu'importe ! Je ne m'appartiens plus ! Je n'ai plus un moment, ni une volonté, ni un désir qui ne s'adresse à vous ! A toi ! laisse-moi te dire à toi, car tu es tout mon rêve, ma passion et mon adoration !...

En extase, elle dit : « Ah ! que je suis heureuse !... »

— C'est vrai ? demanda-t-il.

Le maintenant et si près que ses mots voltigeaient comme des baisers sur les traits de Lancrit :

— Vous ne pouvez savoir ! Vous êtes là tout près et vous me dites les paroles mêmes que j'ai tant désirées !...

— Alors, viens !...

Mais sans répondre et pour affirmer encore tout son ravissement :

— Ah ! oui, je suis heureuse ! exclama-t-elle. Heureuse pour moi, certes, mais plus encore pour lui !

— Pour lui ? interrogea Lancrit de qui la surprise dressa tout à coup les sourcils.

— Oui, pour Alain ! reprit-elle. Pour mon mari, qui serait si heureux s'il vous entendait me dire toutes ces belles choses !...

Une seconde, Lancrit se dit : « C'est de la folie. Est-ce qu'elle serait folle ? » Et ce fut avec une stupeur voilée par de la crainte qu'il demanda :

— Votre mari ?...

Elle s'exaltait :

— Ah ! je vous en réponds ! Et moi aussi, je serais heureuse s'il pouvait vous entendre ! Et vous me comprendrez, mon petit ! D'ailleurs, vous vous en doutez bien que je l'aime ! Il est toute ma vie, ce garçon-là ! Aussi, je n'avais qu'une peur ! Je me disais : « Ça y est ! Je vieillis. Il va me comparer aux actrices ! Il me trouvera laide et ce sera fini ! Alors, vous comprenez ! Quand vous êtes venu pour me faire la cour, ça m'a fait une joie que je ne peux vous dire ! Pensez donc ! Vous, Lancrit, la jeunesse et l'élégance mêmes ! Vous si recherché de toutes, vous m'avez dit que vous me trouviez belle et vous m'avez compromise et vous m'avez gardée jeune à ses yeux. Ah ! quelle joie ! Vous le devineriez si vous saviez à quel point j'adore mon mari !

— C'est parfait ! grinça Lancrit. Parfait ! parfait ! répétait-il, avec les coups de bec en l'air et la rougeur d'un jeune coq déçu. C'est parfait ! surtout s'il le mérite !

— Oh ! ne soyez pas méchant, mon petit ! D'ailleurs, ce serait inutile. Je suis très au courant, allez ! Je connais sa maîtresse. Je sais où elle habite. Je sais quand il la voit, et puisque vous êtes mon ami, je vais vous demander un immense service. Alain est un grand faible. Vous avez sur lui une énorme influence. Qu'il aille chez cette femme pour son plaisir, s'il veut. Mais qu'il me garde ses idées, son travail, ses espoirs, ses craintes et ses peines. Il me faut pour moi son mécontentement et sa mauvaise humeur et qu'il m'at- .

trape, et qu'il soit injuste avec moi, car sans cela je serais tellement malheureuse que je ne sais plus ce que je deviendrais ! Vous me le promettez ?

— Votre émotion, madame, m'a rendu à moi-même, déclara Lancrit, qui s'était ressaisi. Je ferai ce que vous demandez. Mais permettez-moi, à mon tour, d'implorer auprès du maître votre appui si précieux.

— De quoi s'agit il ?

— J'ose à peine le dire ! murmura-t-il, les paupières baissées.

— Osez donc tout à fait. Voyons, que voulez-vous de lui ?

Lancrit, comme s'il adressait à Dieu lui-même son vœu le plus fervent, exprima :

— Qu'il travaille à ma pièce !...

— Oui, certes, et ce désir, il y a longtemps que je l'ai deviné, car vous-même me l'avez exprimé, sourit la Maternelle.

— Quand ça ?

— Lorsque vous m'avez dit : « Je vous aime ! »

## IV

## L'article à faire !...

Lancrit ne venait plus guère le matin chez Pécal. Ce n'était pas qu'il craignît d'être indiscret. C'était tout simplement qu'à cette heure-là, il recevait des visites ou bien il travaillait, et que c'eût été pour lui un gros dérangement.

Aussi, lorsqu'il entra ce matin-là, vers les dix heures, Pécal eut-il un sursaut de joyeuse surprise. Ça tombait à merveille. Il était désœuvré et il relisait les *Pensées* de Pascal en sifflant à perdre haleine.

— Tiens ! Te voilà, sale bougre ! Comment vas-tu, gracieux jeune homme ? Ça me fait plaisir de te voir !...

— En effet, vous avez l'air content !

— Je suis dans une joie folle et tu en sauras la cause avant qu'il soit une heure ! Mais toi aussi, Dieu me pardonne ! toi aussi, tu as l'air content !... D'où viens-tu ? Qui t'envoie, audacieux Vandale ? Tu as ton plus épouvantable sourire, mon cher petit enfant ! Quelle saloperie as-tu faite ou bien prépares-tu ?

Après avoir accordé à ces plaisanteries habituelles le rire frais qui enchantait Pécal, Lancrit roula un fauteuil et s'accoudant au bureau :

— Voilà, dit-il, c'est une chose excellente pour vous, cher maître, et une occasion inespérée pour moi. Votre première a lieu dans quatre jours. Ce sera un immense succès. Or, *Le Passant* veut publier sur vous un grand article, cela va sans dire, mais un article spécial dans lequel serait présentée en même temps que votre profession de foi en matière de théâtre, votre candidature à l'Académie pour le fauteuil Larmier. Si vous lui donnez cet article, que je m'en vais écrire, *Le Passant* qui vous était hostile marche à fond pour la pièce et pour l'Académie et, quant à moi, il me signe un traité pour une rubrique théâtrale dont le titre vous plaira, j'en suis sûr : « Suprême indiscrétion ».

— « Indélicatesses » serait, certes, plus crâne ! « Suprême indiscrétion » est un titre discret ; mais, venant de toi, on peut être tranquille, ça tiendra plus que ça promet. Et quant à l'article, c'est entendu, nous le ferons ensemble, demain soir, si tu veux.

— Ah ! mais non ! *Le Passant* veut être sûr d'en avoir la primeur, et il exige que je lui apporte l'article ce soir, à sept heures, et puis, vous savez, c'est sérieux, c'est le dernier délai !

— Eh bien ! soit. On le fera tantôt. Qu'est-ce qu'il faut de temps ? Deux heures tout au plus. Allons, c'est entendu. Tu es content ?

— Enchanté !

— Alors, c'est à mon tour. J'ai l'air joyeux, n'est-ce pas ? Eh bien ! tu vas connaître la cause de ma joie, proclama Pécal en s'assurant du regard que les portes étaient exactement fermées et, à voix basse, confidentiel et radieux, il annonça :

— Henriette est ici !...

— C'est vrai ?

— Depuis une heure environ ! Oui, mon petit, elle est arrivée ce matin et elle repart ce soir à huit heures ! Ah ! ce n'est pas énorme, mais quoi, c'est encore gentil à elle d'être venue me voir, car je t'ai dit qu'il y a près de deux mois que cette brave fille est à Amiens pour donner ses soins à sa mère qui est extrêmement malade. Et ce n'est pas une blague, car j'y ai été à Amiens ! Je l'ai vue sa mère ! Je l'ai vue comme je te vois. C'est une brave femme encore solide et qui résiste ! Elle est à sa dixième attaque ! Elle n'est pas méchante, mais quand elle a une attaque, elle se défend !

— Et votre amie ? Vous l'avez déjà vue ?

— Pas encore ! Je dois être chez nous, rue Boccador, à cinq heures, et tu penses avec quelle impatience j'attends ce moment, car c'est inouï, je crois que je redeviens un gosse de vingt ans ! J'ai des embêtements. J'ai de folles inquiétudes. J'ai une première à quatre jours d'ici et tout ça disparaît. Je ne pense qu'à l'instant précis où je verrai l'aiguille se poser sur cinq heures !...

— Alors, si on faisait tout de suite l'article ? proposa Lancrit.

— Eh bien ! soit, dit Pécal. Je devais déjeuner chez les Blanck de l'Isère. Attends que je me décommande.

— Pourquoi ?

— Que veux-tu que je fasse ?

— Vous êtes intime avec les Blanck de l'Isère. Justement, ils ont une soirée le 24 et ils cherchent un acte ! C'est une occasion unique. Emmenez-moi chez eux !...

Ah ! ça non, par exemple !...

Mais Lancrit, après avoir vainement supplié, se mit à faire l'enfant, l'enfant qui sanglotte et qui frappe du pied :

— Vous êtes un vilain ! Et moi, je veux y aller na ! chez les Blanck ! et si vous ne m'y amenez pas, je ferai du scandale ! Je vais crier très fort et je crierai comme ça : « Madame ! madame ! »

— Chut ! Veux-tu bien te taire ? C'est imbécile ! En voilà des plaisanteries !

Mais Lancrit élevant la voix :

— Votre mari vous trompe !...

— Tais-toi donc ! Est-il bête, cet animal-là ! riait anxieusement Pécal. C'est qu'il le ferait, cette crapule !

— Avec une méchante femme ! glapit Lancrit. Une méchante femme qui s'appelle...

— Fiche-moi donc la paix !

Et, le poussant dehors :

— C'est bon ! C'est entendu ! On y va chez les Blanck !...

*<br>* *

Après déjeuner, comme ils descendaient l'escalier, Lancrit tira sa montre et, aussitôt, poussa une clameur d'effroi :

— Cinq heures moins le quart ! Et l'article ?... fit-il.

— C'est ça qui m'est égal !

Et au wattman : « Rue Boccador, vous arrêterez quelques numéros avant le 25.

— C'est impossible ! protestait Lancrit. Ce serait terrible !

— Tant pis pour toi ! exultait Pécal. Tu as voulu y aller chez les Blanck et tu t'y es conduit d'ailleurs comme un enfant des rues ! Tu as parlé tout le temps. Il m'a été impossible de placer une simple syllabe ! Tant pis pour toi ! Que faisais-tu chez les Blanck ? Tu parlais ? J'en suis fort aise !...

— Maître, écoutez! Par grâce ! Vous la verrez plus tard, votre amie ! Vous partirez ce soir avec elle et vous passerez le temps que vous voudrez. Mais, je vous en supplie, accordez-moi une heure !

— Rien du tout !

— Trois quarts d'heure ?

— Poussière !...

Une auto accourait. Très pâle avec des yeux de nuit noire et des lèvres qui flambaient toutes rouges sous un aéroplane de feutre empanaché de gris, Henriette mettait pied à terre, exacte et sans élan.

Mais tandis que Pécal s'embrouillait dans sa monnaie, en payant le taxi, Lancrit se ruait implorant : « Madame ! madame ! A mon secours !... »

— Qu'est-ce qu'il y a donc, Lancrit ?

— N'écoutez pas cet horrible crampon ! intervenait Pécal, et montons, chère amie, montons tout de suite ! exhortait-il, la voix frémissante et les yeux embrasés.

Plus haut que lui, Lancrit semblait japper : « Madame, écoutez ! Il s'agit de la gloire du maître ! Je lui demande une heure, chez vous ! Il faut qu'il me l'accorde !

— Pourquoi faire ? demanda Henriette.

— Pour un article qui assure le triomphe de sa pièce et de sa candidature au fauteuil de Larmier et qu'il faut remettre au *Passant*, ce soir, avant sept heures !

— C'est vrai ?

— Qu'importe ! fit Pécal.

— Comment, qu'importe ? Et vous vous figurez que je vous laisserai manquer cette occasion ! Je suis désolée de la coïncidence ; mais, mon ami, votre gloire avant tout !

— Henriette !...

— Ah ! non ! Vous faire un tort pareil, moi ? Jamais, mon cher ! Je connais mon devoir !

— Mais !...

— Il n'y a pas de mais ! Je n'écouterai rien ! trancha-t-elle. Montez vite tous deux, faites-vous servir du thé, et au travail !... A mardi, cher ami !...

Et, d'un coup de pouce, elle lança l'ascenseur qui enleva une cage de fauve effroyablement secouée par les bordées ordurières que vociférait Pécal.


# V


## Pécal plaisante, Lancrit pas !...


— Que penses-tu de Donnay, bougre de polisson ?

— Ça, c'est vraiment drôle, accorda Lancrit. Mais le moment n'est pas à ces disputes, cher maître. Travaillons, voulez-vous ?

— Ah ! ça non, mon petit ! Voilà trois semaines que je rabote ta pièce à raison de deux heures tous les matins. J'en ai une claque dont tu n'as pas idée ! Et c'est que tu as

encore l'air de croire que c'est pour moi que je travaille !
Tu me permets à peine une cigarette, et tu m'attraperais
même, le diable m'emporte, s'il me fallait aller aux cabinets !

— Oh ! cher maître !...

— Il n'y a pas de oh ! Tu es comme ça ! Tu est l'individu
le plus indiscret que je connaisse, comme je suis l'être le
plus poire qui ait jamais existé ! Mais tu sais, je te fiche
bien mon billet que je n'y aurais même pas touché à ton
petit adultère si ma femme ne m'avait supplié !

— Oh ! ça, je le sais bien !

— Tu peux la remercier ! C'est effrayant ce qu'elle a fait
pour toi, la pauvre créature ! Et, à propos, tu lui as fait
la cour, à ma femme, et une cour très serrée même !...

— Par exemple !

— Ne dis pas le contraire ! Tu l'as serrée d'aussi près
que possible, je le sais bien peut-être, et même, pour peu
qu'elle y eût consenti...

— Eh bien ! quoi ? Ça n'est pas naturel ? Mme Pécal est
tout à fait ravissante !

— Ravissante ! En voilà des exagérations ! Elle est très
bien ! Ça, c'est incontestable, elle est encore très bien et
si elle t'avait accordé seulement la petite demi-heure, je te
certifie que tu te serais moins embêté que chez Crépuscule
des Dieux ! Mais tu n'avertis pas ! Tu veux t'offrir ma
femme et tu ne me dis rien !

— Il fallait vous le dire ?

— Mais naturellement !... Ou il fallait tout au moins me
le laisser comprendre !

— Et vous m'auriez engagé...

— A ne pas faire une pareille gaffe ! Je t'aurais dit :
« Mon cher petit enfant, ça n'est pas pour te dégoûter ni
t'empêcher de t'amuser comme on le doit à ton âge, mais
avec ma femme, vois-tu, il n'y a rien à faire ! Si elle était
ma femme comme tant d'autres femmes pour tant d'autres
maris, je te dirais : « Ne te gêne donc pas, mon vieux
un de plus, un de moins, ça n'a pas d'importance ! » Mais
c'est tout différent ! On a connu ensemble des jours épou-
vantables ! Alors, tu comprends, ça resserre les liens et ça
fait que, plus tard, la brave petite femme ne sait plus pen-
ser à l'amour en dehors de son vieux compagnon ! Tandis
que, tiens, pour ma maîtresse, ce n'est plus du tout ça ! Je
n'ai connu avec elle que des jours délicieux. Aussi, je n'ai

en Henriette qu'une confiance relative, et si j'apprenais de manière certaine qu'elle me fait cocu, tu verrais mon sourire, Lancrit, le sourire qui dit : « Si vous saviez comme je le savais et comme je m'en fiche !... » Entrez...

Un jeune secrétaire parut. Il apportait le courrier de Lancrit.

— Je remarque avec une certaine humiliation, observa Pécal, dès qu'ils « refurent » seuls, que tu reçois au moins dix fois plus de lettres que moi ! Mais le phénomène s'explique par ce fait que tu en écris dix fois plus !

— Si vous croyez que ça m'amuse !...

— Ne te plains pas, jeune homme, car si je ne m'abuse, il y a de la femme dans tout ceci, et de la femme élégante !

— Oh ! Dieu, non ! fit Lancrit, en rassemblant ses lettres et en les battant ainsi qu'un jeu de cartes.

— Ah ! pardon ! Il y a même une lettre d'Henriette dans ton gentil courrier !

— Vous vous trompez !...

— J'ai reconnu l'odeur et j'ai vu l'écriture !...

— Je vous assure...

— Qu'est-ce que ça peut me faire que vous vous écriviez ! Seulement, si c'est en cachette, il faudra que je sache ! Allons, que te dit-elle ?

— Je ne sais pas encore ! Si c'est d'elle, ça ne peut être qu'une invitation... et justement, tenez : « Mon chér Lancrit, venez donc déjeuner demain avec Boissort... »

— Comment Boissort ? demanda Pécal en s'approchant pour lire. C'est impossible ! Elle ne le connaît pas ! Fais voir !

— Ah ! non !...

— Ah ! si !... J'ai bien le droit peut-être ! Allons, fais-moi voir ça !... .

Raflant la lettre au vol, comme il eût fait d'une mouche, il la lut d'un coup d'œil, puis tout haut, et en donnant l'expression : « A ce soir, mon amour chéri, je serai libre à minuit et tous mes baisers en attendant les meilleurs... »

— Eh ! qu'est-ce qui vous prouve ?

— C'est timbré ! Tout y est ! 25, rue Boccador ! Eh bien ! qu'est-ce que tu dis de ça ? L'ai-je, oui ou non, le sourire annoncé tout à l'heure ? En fais-je des histoires et des chichis parce que j'apprends que tu me fais cocu, saligaud

que tu es ! Misérable ! Oui ! oui ! Parfaitement, misérable !
Tu as cinquante amis à qui tu pouvais faire la même chose
sans que ce fût une cochonnerie, et c'est moi que tu choisis ! Moi, à qui tu dois tout ! Pourquoi as-tu fais ça ?...

— Vous ne me croiriez pas !...

— Pour me rendre service peut-être ?

— Eh bien ! oui, pour vous rendre service ! s'écria Lancrit avec une telle force que le bras de Pécal en resta quelques secondes tendu et comme ankylosé. Puis, saluant d'un
grand geste :

« Bravo ! Il fallait donc le dire !

— Vous ne me croirez pas. Qu'importe ! déclara Lancrit.
Interrogez vos amis. Ils vous le diront tous. Cette liaison
perdait votre talent. Or, l'auriez-vous rompue, si vous n'y
aviez été absolument contraint ?...

— Et c'est toi qui t'es fait la contrainte ! La contrainte par
corps ! Tu m'a pris ma maîtresse pour me garder mon talent ! C'est de tout premier ordre ! Seulement, c'est assez !
Et maintenant, mon petit, dépêchons ! Tu as le choix entre
la fenêtre et la porte.

— Je choisis la porte. Mais, avant de partir, dites-moi,
que répondrai-je à Mme Pécal, si elle me demande pourquoi je ne viens plus ici ?

— Une blague !

— Ah ! ça non ! affirme Lancrit. A Mme Pécal, je ne peux
pas mentir !

— Et tu lui diras ?...

— Toute la vérité !

— C'est trop fort ! éclata Pécal. Tu ferais encore cette
saleté-là ? Et il faudrait que je subisse ta présence ici tous
les matins sous la menace d'un chantage effroyable ?...

La porte s'ouvrit.

— Eh bien ! quoi ? Qu'avez-vous ? demanda Mme Pécal.

Pécal affirma : « Rien du tout ! Nous discutons théâtre... »

— Alors, mes enfants, à table !...

Et Lancrit lui ayant offert son bras, tous trois passèrent
gaiement dans la salle à manger.

# VI

## L'avancement

Au Gymnase, *Chocholte*, la comédie en trois actes de Lancrit avait remporté un énorme succès. La répétition générale s'était affirmée comme un succès chaleureux, la première comme un succès colossal. En prenant la moyenne, on pouvait donc affirmer exactement que *Chocholte* était un énorme succès.

Ce matin-là, dès neuf heures, Pécal parcourait les journaux, et, le long de chaque article, il modulait un sifflement doux qui exprimait sa surprise et son admiration : « Ah ! ça mais, qu'est-ce qu'ils ont ? pensait-il. Bien sûr que c'est gentil ! Mais tout de même, ces cris d'enthousiasme pour cette petite *Chocholte* ! En voilà un qui dit que c'est du Marivaux, maintenant ! Du Marivaux marengo, tout au plus ! C'est le délire ! C'est le *criterium tremens !* » Et, saisissant un carnet, il nota : « *Criterium tremens, pitoyable à-peu-près, mais à placer quand même dans une pièce secondaire ou de préférence dans la conversation.* »

Il reprit les journaux et, se résumant, il les jeta sur la table avec un *bouf.* de réprobation signifiant qu'il en avait assez. Mais aussitôt, il sourit : « Suis-je idiot, se dit-il, c'est pour moi cet enthousiasme-là ! C'est de moi sa *Chocholte* ! C'est bien moi qui l'ai faite, je pense ! » Et il se rappelait le cri d'un bonhomme dans la rue, un rempailleur escaladé de chaises démantibulées et qui vociférait, en désignant devant lui une humble femme : « C'est moi qui les fais ! C'est ma femme qui boulotte l'argent !... » N'était-ce pas Lancrit qui boulottait sa gloire ?...

Comme il pensait ainsi, debout, on frappa. Il dit : « Entre ! » Un chien se rua, puis Lancrit. Pécal ouvrit ses bras, et les deux auteurs s'étreignirent sincèrement émus. Ils s'exclamaient et s'interrogeaient tour à tour, le plus souvent ensemble. Mais Lancrit dominait : « Hein ? Ça y est-il, oui

ou non ? Et la presse ? Innouïe ! Et cette salle ! Tout le
monde debout ! Le grand-duc, hein ? Vous avez vu ces
battoirs ? Et la comtesse Bastion, les yeux hors de la tête,
la poitrine dehors, tout dehors, tellement qu'elle a failli se
fiche les quatre fers en l'air de l'avant-scène deux ! Et
quelle location ! En trois jours, vingt mille trois cent six !
Et les invitations ! Tenez ! tenez ! Moi qui ai fait tant de
démarches vaines ! Les voilà qui rappliquent ! Jusqu'à la
bonne duchesse et ce cher baron qui me rendait un coup
de chapeau sur dix, et qui m'envoie cette merveille de ter-
rier né chez Edouard lui-même ! Sont-ils snobs, ces gens-
là ! Hein ? Je crois que ça y est !...

Débonnaire, Pécal s'extasiait. Il y avait bien entre les
deux amis quelques points pas très clairs, un surtout : cette
lettre qui témoignait que Lancrit s'était offert Henriette
pour joindre, comme il n'avait pas craint de le dire, à
l'amitié du cher maître, l'affection de la chère maîtresse.
Mais quoi ? On s'était expliqué là-dessus. La lettre ? c'était
une simple expérience, une lettre truquée pour obtenir, en
vue de la scène du trois, un effet dans la vie, le geste exact
de l'amant dans l'instant même où il apprend que son amie
le trompe ! Pécal avait bien quelque peu « tiqué » devant
ce coup du document humain. Mais il avait horreur, avant
tout, des histoires qui durent. Aussi s'était-il empressé de
couper celle-là : « Ecoutez, mes enfants, ne compliquons
pas une aventure déjà très compliquée. Mon état d'âme à
moi est tout ce qu'il y a de plus élémentaire. Ça m'embête
de vous croire, ça m'embête de rompre. Alors, zut pour la
lettre ! J'attendrai de vous avoir pincés ! » Et voilà pourquoi, sans rancune et revivant l'ancienne allégresse de son
premier succès. il se réchauffait loyalement le cœur et souriait à la joie de Lancrit.

D'ailleurs, il était si juvénilement joyeux ! C'était même
la première fois que Pécal le trouvait vraiment jeune ! Il
avait bien toujours son sourire qui découvrait les crocs.
Mais il les faisait voir comme pour s'amuser. C'était élé-
gamment gentil et il lui venait même des mots spontanés
pour le cher maître, des mots de reconnaissance charmante
et d'affection émue.

— Vrai ! Ça vous fait plaisir, mon succès ? demanda-t-il
enfin à Pécal.

— Plus que tu ne mérites, garnement !

— Eh bien ! alors, causons, voulez-vous ! dit Lancrit en

allumant la petite khédjye que son grand ami venait de lui
offrir

— Tu as donc à me dire autre chose que des phrases
sans suite et à exprimer ta joie autrement que par des cris
et même de la danse ?...

— Heureusement pour moi, reprit Lancrit. J'ai à savoir
de vous la portée véritable que vous donnez au succès de
*Chochotte* et à vous demander une très grande faveur. Mais
procédons par ordre. Vous trouvez que *Chochotte* est un
réel succès. Mais ce succès est-il, selon vous, comme on
dit, un succès de classe ?

— Voilà des expressions ! sourit Pécal. Si tu étais un
succès de classe, comme tu dis, ce serait un succès cons-
crit !

— Oh ! non... je vous en prie ! Ne plaisantez pas ! Soyez
direct ! C'est si grave pour moi ! Sérieusement, mon succès
me classe-t-il définitivement au premier rang des jeunes
grands auteurs ?

— Des jeunes maîtres, mon fils !

— Vous ne blaguez pas ?

— Ma parole !

— Quel plaisir vous me faites ! exclama Lancrit. Venant
de vous, n'est-ce pas, c'est la consécration et vous m'en-
couragez. Donc, je n'hésite plus et je m'adresse à votre
bienveillance avec la certitude que je serai compris.

— Qu'est-ce donc, sacrebleu ?

— Oh ! mon Dieu, c'est bien simple. Au fond, malgré tout,
c'est délicat à dire, prononça le jeune homme. Eh bien !
voilà la chose. Vous venez de constater que le succès de
*Chochotte* est pour moi un avancement tout à fait décisif.
Je ne suis donc plus le débutant d'avenir incertain. Je dois
prendre place et, puisque vous m'assignez vous-même, avec
une indulgence si cordiale, un rang plus élevé, permettez-
moi dorénavant de ne plus vous appeler maître, mais bien
mon cher ami !...

— Eh bien ! ça, par exemple !... exhala Pécal.

Mais Lancrit repartait !

— Vous me comprenez bien ! Vous restez pour moi le
maître incomparable ! Mais si je vous donne ce titre publiquement, je reste, moi, le petit débutant, et je me fais du
tort ! Tandis que si je vous dis « Mon cher ami », je monte
en grade. Je deviens le lieutenant-colonel, l'officier supérieur ! Voulez-vous ?...

Maintenant, Pécal se roulait. Il secouait Lancrit par les épaules et, avec de fracassants éclats : « Sacré gosse ! Je te crois, que je veux ! Tu crois donc que j'y tenais à ton cher maître ! Appelle-moi désormais « mon petit lapin » et, à partir d'aujourd'hui, tu vas me tutoyer !

— Vraiment, vous permettriez ?

— Oui, mais ça mon petit, ça te sera plus dur, car, malgré ton culot, tu es bien élevé et ce « tu » immédiat de Lancrit à Pécal, vois-tu, ne sortirait pas...

Ils parlèrent d'autre chose. L'ancien « cher maître » lui donna des conseils, lui demanda même une loge pour son vieil ami, le prince Constantin et, comme ils se quittaient, avec encore de l'enthousiasme à l'égard de *Chochotte*, Lancrit dit tout à coup à Pécal, en lui serrant la main :

— Eh bien ! quant à tes places, c'est entendu, mon vieux, tu les auras ce soir...

## V

## Lancrit traite la question juive

Très bien, le dîner des Pécal ! Tout avait été parfait. Des convives charmants, une tablée aussi élégante que bigarrée et choisie. Faut-il citer des noms ? Duc et duchesse d'Arnoix, le ministre des téléphones, le cardinal François, un délicieux prélat distrait qui disait volontiers candidat pour cardinal, le général Labrot, l'avocat Paul Victor, le docteur Didier, un directeur de théâtre et Lancrit, de qui le dîner célébrait le succès.

Tout de suite, l'entrain s'était manifesté. D'emblée, les invités des Pécal sympathisaient entre eux. Pas un ne connaissait son voisin. De là, sans doute, cette chaleur soudaine, puisqu'on avait, au moins, la certitude réciproque de n'être pas brouillés.

Un maître d'hôtel qui passait du Château-Margaux ayant, par distraction, murmuré dans quelques oreilles : « Curaçao », on avait souri. Des anecdotes étaient nées de cet incident, et le plus cordial entrain s'épanouissait quand, de la salle à manger, on passa au salon.

La confiance s'était tout à fait établie. La duchesse contait au directeur une histoire qui ferait un beau sujet de pièce. Le général exposait une affaire à l'avocat Victor, et le cardinal, après avoir chambré Pécal pour pointer confidentiellement des voix académiques, exprimait à Lancrit son profond regret de retourner auprès du Saint-Père sans avoir vu *Chochotte*.

Le duc demanda :

— Monsieur Lancrit, connaissez-vous l'auteur de *Palestine* ?

— Stronck ? Je le connais très bien.

— Aimez-vous son talent ?

— Je ne le connais pas.

— Mais cependant, insista le duc en souriant comme tout le monde à cette échappatoire, il a un énorme succès ?

— Ce n'est pas une raison pour qu'il ait du talent !

— Et qu'est-ce que cela prouve ?

— Qu'il est juif, déclara Lancrit avec simplicité.

Il y eut un court instant de gêne. Souriants et sournois, les invités de Pécal se regardaient l'un l'autre, et, d'un coup d'œil curieux, expertisaient leurs nez, tandis que le jeune auteur accentuait : « Tout est là ! Etre juif ! »

— Le fait est qu'ils sont forts ! s'exclama le directeur.

— Vous vous trompez d'adjectif ! rectifia Lancrit.

Mais aussitôt, la duchesse intervint :

— Oh ! non, je vous en prie, mon petit Lancrit, je ne veux pas que vous les abîmiez ! je ne suis pas suspecte, je pense. Mais, qu'est-ce que vous voulez, j'ai pour ces gens-là un grand faible ! Je les trouve charmants ! D'abord, ils sont de très ancienne race ! Quand je pense que nous remontons péniblement aux croisades et que, sans le moindre effort, ils remontent à l'arche de Noé ! Et puis, j'ai horreur de l'antisémitisme. Je trouve ça vulgaire. Je dirai même que ce n'est pas chrétien. N'est-ce pas votre avis, monseigneur ?

— Tout à fait mon avis, madame ! A mon sens, nous oublions trop que Notre Seigneur Jésus-Christ était juif ! Il est vrai qu'il le paya fort cher. Mais sa divine mort ne lui a pas enlevé pour cela sa nationalité !

— C'est très juste, acquiesça l'avocat Paul Victor, et puis, en voilà des malins. Ils roulent la justice !

— Et la science ! ajouta le docteur, car ils tiennent aussi ce rayon !

— La science militaire également ; ils y viennent, déclara le général. Et, s'adressant au cardinal, il conclut : « Il n'y a pas à dire, mon bel ami, ça y est, on est lésé !...

— A la bonne heure ! s'écria Lancrit. Vous le reconnaissez au moins que vous êtes lésés !

— Ah ! ça oui, et dans les grandes largeurs !... Et vous, Pécal, vous n'êtes pas lésé ?

Pécal se récria :

— Mais pas le moins du monde, et je ne vous cacherai pas que s'il y a un propos de salon que je trouve non seulement ridicule, mais honteux pour la chrétienté, c'est celui qui consiste à se plaindre de l'envahissement des juifs ! Ce n'est pas seulement reconnaître leur supériorité, c'est avouer notre infériorité ! Alors ? De quoi nous plaignons-nous ? Efforçons-nous d'avoir leurs qualités. Vous dites qu'ils se tiennent ; qu'est-ce qui nous empêche de nous tenir comme eux ? Ils ont la volonté ; opposez-leur la vôtre ! Ils sont nés commerçants ; apprenez le commerce ! Formez le bloc chrétien contre le bloc sémite. Mais pas d'antisémitisme en paroles, car cet antisémitisme, c'est, à proprement parler, l'antichristianisme !...

— Ah ! pardon, protesta Lancrit, qui eut l'air de bondir au-devant de Pécal. J'estime qu'on ne saurait trop dénoncer et crier et proclamer l'invasion par les juifs. Cela est nécessaire ! Il n'y a pas d'autres moyens de réveiller les énergies chrétiennes, car c'est la veulerie générale qui fait le triomphe de nos envahisseurs ! Oui, nous sommes envahis, submergés, et, si nous n'y prenons garde, demain nous serons engloutis. Vous, duchesse, laissez-moi vous le dire, votre salon est déjà infiltré. Vous, duc, attention à vos cercles ou, sinon, vous verrez Abraham présider le *Jockey*, et Josué administrer l'*Union*. Victor, défendez le barreau contre les gens d'affaires ; docteur, protégez vos cliniques ; et vous-même, monsieur le cardinal, chassez les marchands du temple, où vous risquez de voir, dans un bref avenir, un pape juif trôner au Vatican !...

Des rires chaleureux accueillirent l'idée du pape juif. Mais Lancrit se redressa :

— Ne riez pas ! J'ai l'air de plaisanter ou de paradoxer. Mais pas du tout, c'est vrai ! Je vous garantis qu'ils considèrent la religion comme une branche commerciale et, si la séparation n'avait si fortement réduit le salaire des prêtres, je vous jure qu'il y aurait des curés juifs qui mettraient dans leurs poches tous les curés chrétiens ! Et, quant à vous, Pécal (le maître avait prié Lancrit d'attendre trois ans pour le tutoyer), je ne comprends pas que vous ne voyiez pas le théâtre devenir la proie exclusive de l'auteur juif, qui apporte la pièce juive et tout le chiqué d'un art nouveau essentiellement juif !

— Mais, sacrebleu ! opposez-lui donc toute la force et la sincérité du théâtre chrétien, et luttons au lieu de proférer d'inutiles paroles !..

— La lutte est inutile ! proféra Lancrit, de qui la voix se haussait au fanatisme aigu. Ils ont l'argent, c'est-à-dire la toute-puissance, et toutes nos ressources intellectuelles ne feraient rien du tout contre les ressources qu'ils ont dans leurs banques et dans leurs coffres-forts !

— Alors, il n'y a rien à faire ?

— Si !

— Quoi donc ?

— Le massacre !

Un murmure scandalisé accueillit cette proclamation. Les invités se retirèrent avec un air chagrin, et Pécal, hors de lui, s'adressant à Lancrit :

— Tu n'es qu'un sale mufle, qui fais ficher le camp à tous mes amis, et pourquoi ? Pour traiter des questions que tu ne connais pas !

— Mieux que tous ces gens-là !

— Pourquoi mieux que tous ces gens-là ?

— Parce que je suis juif ! déclara Lancrit.

— C'est vrai ?

— Oui, mais je suis baptisé !...

## VII

## Tapage diurne

— « Jo les ai », avait simplement téléphoné Lancrit. Quelques minutes après, Pécal était chez son ami, lui serrant et lui rabattant les mains par des saccades émues qui leur tiraient les bras.

— Alors, ça y est ?

— En plein.

— Les vingt mille ?

— Complets !

Pécal semblait secouer un arbre d'où il serait tombé une pluie de jurons, et, cependant que Lancrit le regardait, les lèvres retroussées par son sourire de danseuse, il commença tout de même à enchaîner des mots : « Ah ! mon petit enfant, tu es un ami admirable ! Tu ne peux pas t'imaginer ce que ces vingt mille francs vont me rendre service... »

Pour le prouver, il déclara nettement à Lancrit que, tout à la fois, il lui retirait « une fameuse épine du pied », le sortait « d'un pétrin formidable », le « remettait à flot », et, finalement, il l'assura qu'il « lui sauvait la vie » !...

— Oh ! vous exagérez !...

— Mais pas le moins du monde ! J'étais menacé d'embêtements dont tu n'as pas idée, et tout ça est parti de rien, d'une bêtise, d'une valeur de huit mille à payer pour deux mois de chapeaux à Henriette, qui n'a pas une coiffure à mettre ! Or, à l'échéance me voilà pris de court. Impossible de trouver ça chez moi ou en cherchant une avance sans que ma femme ne découvrit la chose. Alors, je file au cercle pour tâcher d'y gagner mon billet, et j'y empoigne une culotte immense à régler, celle-ci dans les quarante-huit heures, sans compter que ma douce Henriette me menaçait d'un joyeux potin jusque chez moi, près de ma femme, la pauvre créature !...

Lancrit n'avait plus le sourire de la danseuse, mais la bouche sérieuse et la tête hochante d'un confident chagrin :

— Je trouve ça navrant, prononça-t-il. Je vous parle en ami et je peux même dire en camarade, après ce service que j'ai tant de plaisir à vous rendre. Je trouve ça navrant et cela me stupéfie ! Comment vous, Pécal, vous si moderne et si joliment d'aujourd'hui, vous en êtes encore au vieil ennui d'argent ? Mais c'est fini, cher ami, l'ennui d'argent ! On y a renoncé ! La dette ne se porte pas plus que la barbe et les cheveux bouclés ! On règle ses dépenses. Voyez-les donc tous. Il n'y a plus que quelques vagues poètes à qui l'absinthe fait une verte vieillesse, mais, sans cela, tout le monde est aisé, les Marlic, les d'Arnoix, Frézals, jusqu'au Boissort lui-même !

— Oui, mais mon cher petit enfant de chœur, je peux bien te dire ça maintenant que je te sais baptisé, tu me parles là de gens économes ! Il n'y a donc rien d'étonnant à ce qu'ils soient aisés ! Mais, est-ce qu'ils ont des frais ces gens-là ? Est-ce qu'ils ont des maîtresses ? Est-ce qu'ils ont des loyers ? Je voudrais bien les voir à ma place et s'ils seraient à l'aise avec une maison comme celle que j'ai, un ménage boulevard Haussmann, un autre rue Boccador, le cercle pour moi, la campagne pour ma femme, les plages pour Henriette ! Tu sais, c'est écrasant, et c'est encore moi qui ai du mérite à me tirer d'affaire avec tant de dépenses, tandis qu'ils n'en ont pas en ne dépensant rien !

— Ça, c'est tout à fait juste ! accorda Lancrit. Du moment qu'on part de ce principe, il n'y a plus qu'à aller jusqu'au bout. Et puis vous, cher ami, c'est autre chose. La gêne vous va bien. Je ne sais pas, vous la portez sur l'oreille. C'est un chic bien à vous et, en dehors du plaisir d'obliger un ami, il semble qu'en vous rendant service, on est plus à la mode et que c'est là un hommage dû à votre élégance !...

— Ne complique donc pas ! Tu es extrêmement gentil et je suis très sensible à ce que tu fais là, renouvela Pécal. Je te fais un reçu ?

— Mais non ! Si vous le voulez bien, faites donc deux effets à trois mois de dix mille deux cent cinquante francs chacun et demain je vous apporte la somme.

— Pourquoi ces cinq cents francs ?

— Mais pour les intérêts !

— Ah ! c'est vrai ! Alors, nous disons : « A fin janvier prochain, je payerai à M. Lancrit... »

— Non ! Ce n'est pas à moi ! interrompit vivement le jeune auteur de *Chocholle*.

— A qui donc ?

— A Gartner.

— Comment ! exclama Pécal. Tu t'es adressé à Gartner ?

— Je vais vous expliquer, cher ami, et vous allez tout de suite comprendre. J'avais juste réuni les vingt mille et avec quelle peine ! Les droits de *Chocholle* ne me donnaient que dans les onze mille, et, pour trouver le reste, j'ai dû prendre en avance sur l'étranger ! Bref, quand j'ai eu les vingt mille, j'allais vous les apporter, mais Lenouard est venu qui m'a dit : « Il y a un coup superbe à s'offrir avec les Illyriens ! » Alors j'ai fait ce que vous auriez fait vous-même. Je lui ai remis les vingt mille que je vous destinais et j'ai couru chez Gartner qui, d'ailleurs, a été absolument ravi !

— C'est trop fort ! Comment, sans me rien dire, tu t'es permis d'aller chez cet individu, qui a été l'amant d'Henriette et qui me traîne dans la boue tant qu'il peut ou plutôt tant qu'il ose, un sale individu que je méprise et avec qui, d'ailleurs, tu me savais brouillé ?

— Justement ! Je savais aussi qu'il ne souhaitait rien tant que de se rapprocher !

— Et tu es allé lui dire que j'étais dans la gêne ?

— Ah ! ça non, par exemple ! Si je le lui avais dit, il ne vous aurait pas prêté le plus petit louis ! Je lui ai dit que vous aviez un surcroît de dépense à cause d'Henriette, que vous vous étiez collé, au cercle, une folle culotte ; enfin, tout ce qu'il faut dire pour inspirer confiance ! Et vous voyez que je n'ai pas eu tort, puisqu'il a marché et très aimablement, car ça l'amusait même et il ne cessait de répéter en parlant de vous : « Ah ! l'animal ! » Mais c'était amical, et vous auriez tort de lui refuser ce que je vous apporterai demain à midi juste.

— Refuser ! Tu sais bien que ça n'est pas possible ! Tu ne m'en mets pas moins dans une situation vraiment abominable ! Tu vas raconter ma vie à un homme que j'ai peut-être eu tort de mépriser, mais qui, pendant six mois, en admettant que je sois exact aux échéances, aura barre sur moi, racontera cette histoire partout et en profitera pour voir Henriette, car ce n'est pas de ma personne mais de la

sienne qu'il veut se rapprocher ! Ah ! sacredieu ! Je ne
sais pas comment tu fais ton compte, mais, même lorsque
tu rends service, on a envie de te f... des gifles !... Les
voilà les effets, et que je ne te revoie pas... avant demain
midi !...


## IX


## La lutte pour l'affiche


— Dis-moi donc, jeune mufle, demanda Pécal, tu étais
hier au théâtre, à trois heures et demie ?

— Pourquoi ?

— Réponds-moi catégoriquement. Y étais-tu, oui ou non ?

— J'y étais.

— Ah ! ça mais, vous êtes donc une bande d'apaches ?
Ça ne vous suffit pas de bousculer les confrères et même
de les dévaliser ? Vous les attaquez en plein jour ! Et rien
ne vous arrête ! Pas même le succès ! Je fais sept mille
tous les soirs, presque le maximum, avec la reprise d'*Art
nouveau*, et tu vas menacer le patron de porter la pièce
ailleurs, si tu ne passes pas la semaine prochaine !...

— Moi ? fit Lancrit, la main sur l'estomac.

— Toi-même. Ne dis pas le contraire. J'en viens, du théâtre, et j'ai vu le patron !

— Et il vous a dit ça ? )

— Mais naturellement qu'il me l'a dit ! Il est affolé, ce
pauvre homme ! Il fait peine à voir ou plutôt à ne pas voir,
car on ne le voit pas ! Il est terré dans son fauteuil et il a
tellement l'air d'un lièvre poursuivi, qu'à mon entrée, j'ai
cru, ma parole, qu'il allait me sauter par-dessus la tête
pour gagner la campagne !...

— Mais que vous a-t-il dit ?

— D'abord, rien du tout ! Il m'a pris dans ses bras en grelotant : « Cher ami ! cher ami ! » Je pensais : « C'est la joie ! Il va me dire : « Vous nous faites gagner plus de cent mille francs en moins de vingt soirées ! Vous êtes le sauveur ! A nous toutes vos pièces ! Je ne veux plus jouer que du Pécal !... » Ah ! ouat ! sais-tu ce qu'il m'a dit : « Malheureusement ! vous me mettez dans une situation affreuse, inextricable avec votre succès ! Ah ! je suis bien déçu ! Je me figurais que votre pièce ne donnerait plus rien, trois ou quatre maigres soirées, en attendant Lancrit, et j'avais consenti à faire cette reprise uniquement pour vous rendre service ! Je suis récompensé ! Vous faites des recettes magnifiques et me voilà, maintenant, grâce à ma complaisance, dans un pétrin d'où je me demande comment je vais sortir !... »

— Non ? fis-je tout à fait abruti. C'est sérieux ?

— Sans doute, reprit-il. La recette ! La recette ! Vous vous figurez que c'est tout ! Mais c'est très peu de chose ! Et croyez bien que, je serais un directeur intéressé aux bénéfices de cette maison, je parlerais de même ! Il n'y a que l'affiche qui compte ! Aussi, quoi qu'il en soit, et fissions-nous plus que le maximum, il faut que la première de Lancrit soit donnée vendredi au plus tard. Sans quoi, il ne veut plus droguer et il emporte sa pièce dans un autre théâtre ! »

Tu penses, si je lui ai bondi sur le râble à ce lièvre en révolte, et si je t'ai secoué par la même occasion !

— Et vous avez bien fait ! s'écria Lancrit, car je vous jure que tout cela est faux ! Je lui ai demandé une date probable et je ne souhaite qu'une chose, c'est que le succès d'*Art nouveau* l'éloigne le plus qu'il se pourra !...

— A la bonne heure ! Tu ne le souhaites pas, mais c'est bien de le dire ! En attendant, si tu permets, nous allons savoir comment se porte la chère location...

Pécal téléphona et Lancrit entendit résonner successivement ces victorieux constats : « Toutes les loges sont prises ! Les baignoires aussi ! Les fauteuils d'orchestre ! les fauteuils de balcon ! Jusqu'aux troisièmes galeries ! » Et, raccrochant l'appareil, l'auteur d'*Art nouveau* exhala sa joie tout entière dans cette expression vengeresse : « La gueule du patron ! »

— Eh bien ! Vous croirez ce que vous voudrez, déclara Lancrit, mais je vous affirme que je suis enchanté.

·— Tu exagères !

— J'exagère si peu que, si vous le voulez bien, je vous emmène célébrer ce triomphe au restaurant. Nous irons ensuite tous deux proclamer le maximum et applaudir *Art nouveau*.

— Ça va.

Ils s'attablèrent, et ce fut vraiment leur dîner le plus gai. Les amis, d'ailleurs, affluaient et, de tous les coins, les félicitations accouraient vers Pécal.

—- C'est épatant, disait-il. Voilà une pièce qui, durant sa première carrière, a pas mal marché sans doute, mais enfin sans élan, avec des hauts et des bas, et la voilà maintenant qui part d'un pas ferme, régulier, on peut même dire infatigable !...

Voyant que l'approbation souriant de Lancrit se crispait un peu, il le réconfortait en lui disant : « Qu'est-ce que ça peut te fiche que ce soit dans six mois ou un an, puisque tu es sûr d'avoir ton succès, toi aussi ? »

—- Je ne suis pas pressé !...

— Mais le patron, pourquoi est-il pressé ? Sais-tu ?

—- Est-ce qu'on sait jamais avec lui ? soupira Lancrit. Il s'imagine peut-être qu'à cause de mes relations à l'Instruction, je peux lui avoir sa rosette de la Légion d'honneur !

·—- Ah ! s'exclama Pécal. Plus de doute. Voilà la raison de son empressement ! C'est tout de même raide ! Et dire que si je n'étais pas d'attaque, il étranglait *Art nouveau* comme un jeune poulet !

— Comment aurait-il fait ?

—- Oh ! le moyen est tout simple ! Il n'y a qu'à faire la salle ! On distribue les trois quarts des places en billets de faveur. On refuse trois mille francs de location. On renonce à deux mille francs de bureau et, avec un public formidable qui s'entasse jusqu'au-dessus du lustre, on réalise une recette de deux mille et quelques francs, c'est-à-dire le joyeux minimum !

—- Mais c'est épouvantable !

—- Tu l'as dit, Lancrit !

Là-dessus, ils parlèrent d'autres choses. Le vieux maître était jaillissant d'anecdotes. Le jeune maître était pétillant d'indiscrétions et, les cigares allumés en phares d'auto, ils se mirent en marche vers le théâtre, le long du boulevard.

Ils approchaient, quand Pécal proposa : « Le Pari ? Hein ! veux-tu ? »

— Volontiers.

— Chacun va dire une somme, et celui qui aura trouvé le chiffre le plus proche de la recette gagnera un objet art nouveau !

— Ah ! non, fit Lancrit, je préfère l'ancien : une table « rognon » par exemple.

— Ah ! tu rognes déjà ? Soit. Combien estimes-tu ?...

— Neuf mille cent cinquante. Et vous ?

— Huit mille neuf cent trente.

Ils montèrent. Un employé passait. Pécal l'arrêta :

— Vous avez la recette ?

— Oui, monsieur.

— Combien ?

L'employé articula :

— Deux mille trois cent dix francs, monsieur ; la plus basse recette de ces trois derniers mois !...


# X


## Lancrit aimerait-il ?


Jamais il ne lui avait dit un vrai mot d'amour. Mais il s'occupait d'elle avec de si jolis soins d'ami et de si crispantes attentions d'amoureux que Pierrette Pécal s'était assurée à elle-même qu'il l'aimait et que, dans un an au plus tard, elle s'appellerait Mme Lancrit.

D'abord cette idée-là ne l'avait pas emballée du tout. Lancrit lui plaisait bien. Mais elle pressentait qu'une fois mariée, elle n'aurait plus de lui cette présence ardente qui voltigeait autour de sa personne et qui, avec sa blonde gentillesse lui valait, dans les bals blancs ou chez les « Jouvenceaux », de si flatteurs succès. Elle serait autre chose, et cette « autre chose » qui l'avait follement effrayée comme la pensée d'être enfermée, la nuit, avec un jeune homme, dans une chambre d'hôtel, maintenant l'enchantait à ce point que l'impatience faisait place à l'effroi.

D'ailleurs, Lancrit ne semblait-il pas extrêmement pressant. Il ne la quittait plus. Bien sûr que Pécal adorait sa fille. Mais, n'est-ce pas, il était tellement « pris par ses pièces » et toute cette sacrée vie de Paris qu'il n'avait pas trouvé une minute pour l'éducation de Pierrette, ni Mme Pécal non plus, qui avait déjà trop à faire avec son enfant de mari.

Lancrit s'indignait de cette négligence. « C'est insensé, disait-il. A quoi pensaient donc vos parents ? Ils vous regardaient pousser comme une tige de lilas dans un jardin muré par six étages ?... » Et il la dirigeait, d'une main caressante et très ferme, dans ses penchants d'artiste, dans le choix de ses lectures, de ses toilettes et surtout dans le choix de ses amies.

Oh ! sur cette question-là, il était intraitable ! Docile, elle avait déjà « semé », comme elle aimait à dire, pas mal de jeunes filles qui déplaisaient à Lancrit. Mais quand il lui avait demandé de rompre avec la petite Arlette des Blanck de l'Isère, elle s'était si violemment révoltée qu'un mot de plus, et c'était, entre elle et lui, que la brouille éclatait...

Pourtant, bientôt, il reprenait la lutte : « Elle est insupportable, votre petite amie ! grondait-il tout le temps. Elle se sait une immense fortune et elle se figure que tout le monde doit se prosterner à ses pieds. C'est la pimbêche elle-même ! Elle se rengorge comme une jeune autruche et elle s'enfle comme un petit veau d'or ! Vous pouvez le lui dire ! »

Mais Pierrette ripostait : « Vous êtes très méchant et je lui ai dit que vous ne pouviez pas la souffrir ! Elle aussi vous déteste et elle prétend, elle aussi, que vous vous croyez un immense talent et que vous vous rengorgez comme un veau ou une autruche, je ne sais plus au juste ! Ce qu'il y a de certain, c'est que c'est stupide de se haïr ainsi, surtout sans se connaître ! Et puis, moi, ça me fait une vie assommante. J'essaie de mettre la paix entre vous et voilà à quoi je réussis ! »

— Qu'est-ce que ça peut vous faire ?

— Beaucoup ! D'abord, je tiens à l'amitié d'Arlette, et il n'y a pas de raison pour que je la sacrifie à votre antipathie ! Et ensuite vraiment, c'est trop insupportable cette peur éternelle que vous vous rencontriez et qu'elle me prive de votre présence, ou réciproquement !...

— Oh ! Quant à ça !...

— Eh bien ! non, déclara Pierrette, j'ai juré que ça devait finir et j'aurai le dernier.

— Comment ferez-vous ?

— Vous vous rencontrerez.

— Comme deux trains, alors ? Ah ! non, ne faites pas ça, ma petite Pierrette, parce que je vous le certifie, ce sera une affaire qui tournerait très mal !...

— Qu'est-ce que vous feriez donc ?

Lancrit prit un élan de voix énorme et sabrant l'air de sa main, il commençait : « Je... », quand, d'une poussée joyeuse, la porte s'ouvrit.

— Arlette !

— Bonjour, mon moineau ! Bonjour, mon alouette !...

Les deux amies se bécotaient avec de petits cris d'oiseau, cependant que, sévère, Lancrit debout, ayant appelé du doigt son chapeau, prononçait : « Mademoiselle, je vous dis au revoir...

— Ah ! ça non, pas encore ! protesta Pierrette.

— Il le faut !

— Vous ne refuserez pas de rester un quart d'heure avec Arlette. J'ai à parler à maman...

— Je suis au regret...

— Mais ce serait grossier ! Un quart d'heure, voyons !

— Je n'en dispose pas !

— Laisse donc, ma chérie, intervint Mlle Blanck les lèvres gentiment amincies, M. Lancrit est pressé. C'est peut-être l'heure d'aller prendre sa douche.

— Mais non mademoiselle.

— Alors, c'est celle d'être mufle !

— Pas encore ! fit Lancrit, regardant la pendule. J'ai un quart d'heure à moi, mademoiselle, et si vous permettez...

— C'est beaucoup trop d'honneur !...

— Mes enfants, je vous laisse, dit Pierrette, je ne souhaite qu'une chose, c'est, quand je rentrerai, de vous trouver vivants !...

Il y eut un silence. Arlette le rompit :

— Vous savez, monsieur, je ne vous retiens pas...

— Vous êtes cruelle !...

— Pas du tout ! Je sais que la société d'une pimbêche n'offre aucun agrément !

— Celle d'un veau n'en offre pas davantage !...

Un sourire qu'ils se renvoyèrent les détendit soudain.

— Je vois, reprit la jeune fille, que nous échangeons des noms d'inimitié !

— Ou des noms d'amitié !

— Comment ça ?

— Mais, oui, mademoiselle. Est-ce que les sentiments les plus vifs s'affirment nettement ? Est-ce que la sympathie qui se passionne jusqu'à l'amour n'emploie pas des expressions de haine quand elle sent que si elle n'ose s'avouer franchement, on la repoussera ? Et qui vous dit que la violence avec laquelle je m'exprimais à votre égard ne cachait pas quelque chose de tout à fait différent de la haine et n'ayant rien de commun avec l'antipathie ? Mais pardon...

D'un son de voix précis, Arlette demanda :

— Etes-vous engagé avec Pierrette ?

— Mais pas le moins du monde ! prononça-t-il. C'est une camarade. Je l'aime beaucoup. Mais je ne l'aime pas.

— Alors, déclara la jeune fille, franchise pour franchise, je m'en vais vous parler. Moi aussi, je sais que mon antipathie cachait pour vous plus que de la sympathie. Mais je suis clairvoyante. Vous aimez ma fortune. J'aime votre talent. Je sais que tous deux, nous pouvons être très heureux ensemble et arriver très haut. Donc, si vous le voulez, essayons de nous accrocher et si, dans un mois, ça s'arrange, le trimestre suivant, nous serons mariés.

— Commençons ! dit Lancrit en lui prenant les mains.

Et il l'avait violemment attiré à lui, quand Pierrette rentra.

Elle eut un « oh ! » comme un cri de douleur. Puis, les yeux battant les larmes à grands coups de paupières :

— Eh bien ! à la bonne heure ! s'écria-t-elle. Vous êtes intelligents, vous autres ! Et quant à moi, je suis aussi bête que papa, ce qui n'est pas peu dire !...

## XI

## A vol d'auteur

Devant quelques amis à qui, d'habitude, il lisait ses pièces, et que, pour cela, sans doute, il appelait des amis éprouvés, Pécal allait commencer la lecture de trois actes fringants et attendris qu'il destinait à un gentil petit théâtre, sous ce titre alléchant : *Le Robinet*.

C'était décidé, Mlle Estelle Couchey créerait *Le Robinet*. Déjà révélée dans la fameuse revue : *Demandez la liste officielle et complète...*, où elle s'était taillé un si joyeux et élégant succès, nul doute que *Le Robinet* ne la fît monter aux nues. Aussi paraissait-elle impatiente et ne cessait-elle de répéter en s'éventant avec une aile de mouche et en frappant du pied : « Commencez ! Commencez ! »

— « Estelle ! » calmait Mme Couchey mère. Reine du savoir-vivre, elle était assise sur l'extrême bord d'un fauteuil, tout le corps enfoui dans son derrière, sauf une poitrine révolutionnaire, et qui se jetait en avant, les bombes à la main.

— Cette enfant, exprima Mme Couchey mère, se met au lit, depuis quelques temps, à des heures impossibles, et si c'était un effet de votre complaisance, cher maître, nous voudrions bien ne pas « calter » trop tard !...

— Je n'attends plus que Boissort ! s'excusa Pécal.

Mais Lancrit de protester :

— Ah ! bien, si vous attendez Boissort, nous sommes bien sûrs de ne pas « calter » avant trois heures, comme le dit Mme Couchey mère dans une langue théâtreuse où la bonhomie le dispute à l'amour maternel !

— Allez-y donc, fit quelqu'un.

— « Pécaltez ! » renforça Lancrit d'un impertinent à peu près.

— « Et zut pour le retardataire ! » ajouta le vieux blond dont la chevelure est un tel avril qu'à la moindre secousse,

les pistils s'en envolent et que, dans l'air, on voit neiger
des pellicules de poète.

— Alors, soit ! accorda Pécal. Je commence.

Mais, sur-le-champ, le valet de chambre lance, d'une voix
nette, à la porte du salon : « Monsieur Boissort ! »

Du geste, il écarte les reproches, il se fait une haie, salue Mme Pécal, obtient le silence d'un sourire qui en promet long, et se dégantant, doigt par doigt :

— Je vous apporte, dit-il, une nouvelle excellente pour
tous ceux qui, à l'égal des vrais et originaux artistes, ont
eu à souffrir des plagiats et des contrefaçons. Rattiaix vient
d'êtr⁓ condamné à s'adjoindre pour moitié des droits d'auteur, dans l'avenir et le passé, Mongel, à qui, froidement
et intégralement, il avait chipé, comme vous savez tous,
*La Colombe*, dont on fête la deux centième dans un souper
par petites tapes, comme dirait Lancrit.

— Je ne sais pas si je dirais ça, protesta le jeune maître.
Mais ce que je dis de toutes mes forces, c'est que ce jugement est absurde, c'est que les idées ne sont pas des pro-
priétés personnelles, c'est que le plagiat est un délit ima-
ginaire et que, n'existant pas, il est stupide de vouloir le
flétrir et encore plus de vouloir le punir ! Les idées sont
des gaz, et un vol de gaz tombe-t-il sous le coup de la
loi ?...

— Parfaitement ! s'écria Pécal. La loi punit le vol de gaz !
Si tu adaptes un tuyau sur une conduite qui ne t'appartient
pas et que tu t'appropries, de la sorte, le gaz de ton voisin, tu es aussi coupable que si tu lui volais son bœuf ou
son âne, et tu es condamné comme un simple fripon. Donc,
à plus forte raison, si tu adaptes ton œil sur la copie d'un
confrère et que tu t'appropries, de la sorte, ses idées en
démarquant son texte, tu te conduis comme un simple fripon, et il est absolument juste que la loi t'oblige ! tout au
moins à réparer le préjudice envers ton ami dépouillé !...

— S'il y a guet-apens ! riposta Lancrit. Si, c'est le vol
qualifié ! Mais il n'est qualifiable que s'il y a eu volonté de
voler, de copier, si vous aimez mieux ; car autrement, je
maintiens que les idées appartiennent à tout le monde et
que, seule, la forme dont il les revêt appartient à celui qui
leur donne la vie !

— Tais-toi donc ! exclama Pécal. La voilà votre morale
à vous autres ! Alors on aurait donc le droit de voler de
l'or vierge à la condition de le convertir en louis. Je trouve

ça honteux ! il est tout de même temps qu'on se décide à faire respecter la propriété artistique et que les voleurs d'art soient assimilés à des voleurs de droit commun, car il n'y a entre eux de différence qu'à l'avantage des derniers ! Oui. parfaitement, l'homme qui fait baisser une recette de théâtre en donnant, dans cette intention, des billets de faveur, commet un détournement et un abus de confiance, comme celui qui subtilise l'idée d'un confrère commet exactement un vol ! Voilà ce qu'il faut se dire ! Et si l'on se porte partie littéraire comme on se porte partie civile, on épucera peut-être les carrières artistiques des écrivains parasites, marrons et maraudeurs !...

Et se dérobant aux bravos que firent éclater ces phrases lancées d'une voix sûre et accentuées d'un geste *ad hoc*, comme dit Boissort, qui ne trouve jamais le mot qui convient, Pécal ramena vers lui son verre d'eau, rouvrit son manuscrit et annonça :

## LE ROBINET

### *Comédie en trois actes*

Dès les premières répliques, l'auditoire était intéressé. Un sourire de plaisir et de curiosité voltigeait de bouche en bouche, et on s'entreregardait avec une joie charmée dans les yeux, ainsi qu'avec des hochements de tête empressés, comme si l'on s'accordait tout de voisine à voisin.

Ce fut réellement une fête d'esprit. On sourit, on rit, on s'attendrit. D'acte en acte, l'intérêt se passionna et l'enthousiasme grandit si fort qu'à la fin, Mme Couchey mère, après avoir jeté sa fille dans les bras de Pécal, dut être délacée, car elle étouffait de rire et éclatait de pleurer.

Et, tout à coup, un silence se fit. Lancrit allait parler.

— J'interprète le sentiment de nous tous en vous redisant que *Le Robinet* est une pièce admirable et, dans ses proportions d'œuvre légère, une œuvre de génie. Mais ce qu'il m'est particulièrement doux de signaler, c'est que la lecture de vos trois actes vient de me prouver que j'avais raison en affirmant l'inexistence du plagiat. *Le Robinet* est une œuvre qui vous est indiscutablement et essentiellement personnelle, et pourtant, de sa première à sa dernière ligne, elle est la copie textuelle de ma nouvelle ! *Le Droit du cœur*, dans mon recueil « Les Excentriques », dont voici l'exemplaire encore non coupé !...

— « Tu es fou ? » demanda Pécal tandis que des huées s'élançaient vers Lancrit.

Mais, dominant les clameurs, déjà celui-ci lisait. De la surprise se fit jour. Il est certain qu'il y avait des points de contact, des analogies frappantes et, quand la lecture fut terminée, l'embarras général dénonça que c'était l'identité elle-même.

— Il n'y a pas de doute ! déclara loyalement Pécal. C'est ma pièce. Seulement, tu ne dis pas, foutu drôle que c'est moi qui t'ai raconté mon idée !

— Oui, mais je l'ai faite mienne en écrivant *Le Droit du cœur*, répliqua le j une maître. Et que diriez-vous de moi, si j'avais le ridicule de vous faire un procès au lieu de vous demander tout bonnement de mettre sur l'affiche : « *Le Robinet* », comédie en trois actes, de M. Alain Pécal, d'après la nouvelle de M. Robert Lancrit... ? Et, quant aux droits d'auteur, un tiers me suffira !...

<h2 style="text-align:center">XII</h2>

<h2 style="text-align:center">Secrets de famille</h2>

... Et puis, tu sais, il n'y a pas que le théâtre ! déclara Pécal devant les fruits rafraîchis de ce dîner qu'ils s'offraient sur une terrasse avant de partir, Lancrit, pour une longue croisière dans les fjords, lui pour Luchon.

« Il y a aussi le roman, et j'en ferai un avec des choses d'enfance et de jeunesse, des choses bien à moi qui remueront les personnes atteintes d'âme et même les mufles et les snobs ! »

— Un roman de Pécal, je vous crois ! exclama Lancrit. Et vous allez vous y mettre ?

— Pas encore ! Je retarde. J'ai le trac. Je tique au moment d'ouvrir l'armoire aux secrets de famille. Il me semble que je n'ai pas le droit et que ce n'est pas de la chair à littérature. Ah ! c'est que j'en ai quelques-uns qui ne sont pas dans une musette. Tiens, écoute-moi ça !... Garçon ! des cigares et priez donc vos tziganes de nous jouer un petit air de silence pendant un quart d heure...

« Il faut que je te dise d'abord qu'à l'âge de treize ans et demi, j'avais perdu toute innocence et que je fréquentais, les lèvres surmontées d'une fausse moustache, les maisons les plus famées du chef-lieu. Mais cette précocité ne m'empêchait pas d'avoir pour ma mère et pour mon père autant d'adoration que de respect. Or, un après-midi de dimanche où j'avais été contraint d'ouïr les vêpres dans la chapelle d'un pensionnat, ma mère me dit : « Attends-moi là, je vais me confesser. » Un prêtre survint. Il avait des cheveux blancs et une figure écarlate avec  es boutons violets, des boutons d'évêque qu'il touchait, l'un après l'autre, d'un doigt trempé au bout de sa langue pour en apaiser les feux. — « Vous attendez la maman, me dit-il. Allons ! allons ! ce ne sera pas long ! » insinuant par là que sa péniten e n'avait à révéler qu'une ridicule quantité de péchés. Mais pas du tout ! Ce fut interminable ! Cela commença d'abord par un chuchotement presque imperceptible et qui semblait filtrer entre des dents serrées. Bientôt pourtant le souffle devint plus distinct. L'entretien s'anima.t et, dans le silence de la chapelle, les mots s'accusaient et ils accusaient ! La voix de la pénitente ne se laissait pas entendre étouffée sans doute paar la confusion. Mais cel'e du prêtre s'indignait à perdre haleine : « Est-il possible ? Un homme si honorable !... Une chrétienne comme vous ! Une chose pareille ! » D'instinct, j'avais jeté mes deux poings sur mes oreilles, mais ça y était. Ma mère ! Mon admirable mère ! Avec sa figure angélique et sa sainte douceur ! Le seul être que je croyais au-dessus de toute faiblesse et de toute tache ! Il me semblait que quelque chose mourait en moi !... Alors, je me mis à aimer mon père comme un fou. Ce pauvre homme si confiant, si amoureux de sa femme et qui, certainement, se croyait adoré être traité de la sorte ! Et dans le kiosque du jardin où je feuilletais un roman, je le regardais attendri, se promener au bras de son ami le meilleur dont la voix se mit à éclater si fort en reproches que j'entends ceci : « Comment ! tu as une femme charmante et qui t'adore, et tu la trompes avec une pareille grue !... » Non, tu sais, cette fois-là, je crus que j'allais éclater de rire. Je ne me bouchai pas les oreilles. Mais je m'essuyai les yeux. Et alors, je me mis à aimer mon grand-père comme un fou. Il avait soixante-dix-huit ans. Au moins, avec celui-là, je ne risque rien, me dis-je, et, comme je lui révélais que je connaissais nos secrets de famille, le suppliant de me dire qui de mon père ou de ma mère avait eu les premiers torts, il me répondit : « Mon cher petit, ne te creuse pas la cervelle. Ils ont commencé tous deux en même temps. »

Là-dessus, les tziganes attaquèrent une czarda. Le soir devint amoureusement mauve et les deux amis rentrèrent, cependant que Paris commençait de flamber à l'horizon.

Le lendemain même, les Pécal, par le premier rapide, filaient vers Luchon, tandis que Lancrit s'embarquait au Havre sur le yacht des Blanck de l'Isère avec une bande de joyeux amateurs de neiges éternelles, d'abîmes et de soleils de minuit.

Aux récits de plutôt pauvres ascensions des Maladetta et des Vignemale pyrénéens, Lancrit répondait par d'écrasants narrés d'excursions lapones, de chasses à l'ours, de rôderies autour du Maœlstrom et de pointes vers la banquise du Spitzberg.

Ces descriptions dégoûtèrent Pécal de son humble villégiature et, au désespoir des siens, hâtèrent son retour à Paris. Lancrit, au contraire, prolongea son absence. A peine toucha-t-il barre une demi-journée avenue d'Antin. Il repartait aussitôt pour Dinard d'où, après trois semaines, il se rendait en Poitou chez les Saint-Géry et terminait enfin ses vacances en Sologne chez les Lamothe-Beuvron, où s'organisaient les plus belles battues.

Ce fut seulement le 3 novembre que Lancrit fit, à huit heures moins le quart, pour dîner, sa rentrée chez Pécal. Il fut charmant. Il apportait des souvenirs à tous. Il parla même de lui le moins possible, répondant aux questions par des gestes qui indiquaient que la splendeur de ce qu'il avait vu défiait tout récit et interrogeant sur Luchon et la montagne avec un air d'intérêt tout à fait naturel.

— Eh bien ! mon vieux, dit Pécal, dès qu'ils furent seuls dans le cabinet de travail où Pierrette leur avait servi le café, et le théâtre, hein ? tu l'as un peu lâché au milieu de tes fjords et de tes chasses à l'ours ?

— Mais non ! sourit Lancrit. J'ai aussi chassé l'ours, la plume à la main, et j'en rapporte un !

— Ah ! bah ! tu rapportes une pièce ?

— Oui, et je suis même content.

— Qu'est-ce que c'est ?

— Une chose amusante, mais aussi émouvante, je crois, affirma Lancrit.

— Expose.

— Eh bien ! voici. Cela s'appellera *L'Exemple*. Il y a un prologue. C'est dans la chapelle d'un pensionnat, un après-midi de dimanche, après vêpres. Une maman encore assez jeune dit à son fils âgé de treize ans : « Attends-moi là, je vais me confesser. » Or, dans le silence de la chapelle, l'enfant entend que sa mère s'accuse d'avoir trompé son mari...

— Ah ! ça, mais... hasarda Pécal.

Mais Lancrit : « Vous voyez le bouleversement dans l'âme de ce gosse. Toute son affection se réfugie vers son père. Il se met à l'aimer comme un fou... quand il apprend par un ami que son père a une maîtresse. Voilà le point de départ ; ce qui déterminera chez le jeune garçon dont je fais un auteur dramatique une oblitération du sens moral, grâce à laquelle le mariage et la famille ne seront plus pour lui que des, motifs à drame ou à comédie, c'est-à-dire le conflit entre la fiction et la réalité !...

— Mais, mille dieux ! c'est mon histoire ! s'écria Pécal, et si tu racontes ça, je te jure que je te fiche la figure en cent mille morceaux !...

— D'abord, ce serait difficile, riposta Lancrit, et ensuite, laissez-moi vous le dire, très dangereux pour vous. Vous jetteriez le plus fâcheux vernis sur la mémoire de vos parents en faisant savoir que c'est d'eux qu'il s'agit. Moi, du moins, je suis l'ami discret !

— En effet, je te livre un secret et tu en fais une pièce !

— Qui saura que c'est votre secret ?

— Ceux à qui je l'ai dit ?...

— Comment, vous l'avez raconté ? exclama Lancrit furieux. Il ne manquait plus que ça ! Voilà maintenant ma pièce déflorée !...

## XIII

## Le droit à la barbe !

— Chic ! Je vous trouve !...

— Qu'est-ce qu'il y a ? demanda Pécal, dressé de surprise des pieds jusqu'aux sourcils.

Mais déjà Lancrit lui pressait les mains.

— Vous allez me rendre un immense service !...

— Qu'entends-tu par immense ?

— Le voici. Je suis candidat à la Légion d'honneur. Je sors de chez le directeur des Beaux-Arts qui m'a dit : « Comment vous n'êtes pas encore candidat à la croix ? C'est ridicule ! Il n'y a plus que vous ! Qu'est-ce que vous attendez ? » Et, comme j'étais abruti, savez-vous ce qu'il a ajouté ? « Vous avez l'air de ne pas me comprendre ! Mais, malheureux, vous ignorez que le ministre adore Pécal ! Ne perdez donc pas une minute. Filez chez votre ami. Qu'il soit au ministère sur le coup de six heures et vous m'en direz des nouvelles ! Mais pas un mot de plus ! Rompez !... »

— C'est ça ! Il t'a sorti.

— Mais pas du tout ! Il était très sincère. D'ailleurs, j'y avais bien songé, seulement j'attendais juillet à cause de mon livre !

— C'est idiot ! Il fallait me le dire ! s'écria Pécal avec une véritable fureur. Sacrebleu ! Ça ne prend pourtant pas comme une envie d'aller aux cabinets ! C'est malin ce que tu as fait là ! Tant pis pour toi ! Il n'y a plus mèche pour cette promotion. Je me suis engagé !...

— Pour qui ?

— Pour Rongel.

— Il vous l'a demandé ?

— Du tout ! Il est venu m'apporter son bouquin. C'est un gentil garçon. Mais le bougre, il ne sait pas s'en aller. Je lui avais indiqué mille moyens dont pas un ne semblait lui plaire. Enfin je m'écrie : « Mais j'y pense, vous n'êtes pas encore candidat à la croix ? Qu'est-ce que vous attendez ? — Comment ? Vous voudriez bien ? — Mais sans doute ! — Oh ! alors, maître, je ne sors plus d'ici que je n'aie votre parole de voir le ministre et de tout faire pour moi ! — Vous l'avez ! lui jurai-je en le jetant à la porte à l'aide des plus rassurantes poussées.

— Se défendre, ce n'est pas s'engager ! protesta Lancrit.

— Parce que je t'ai raconté la chose sous l'aspect amusant que je lui eusse aimé. Mais ce n'est pas l'exactitude même. Le père de Rongel a été plus que parfait pour moi dans les temps difficiles. Alors, tu comprends, il faut que je marche, et j'en suis d'autant plus navré que moi aussi, ma foi, j'avais à te demander un fort joli service.

— Eh bien ! ça vous arrête ?

— Non, mais ça me ralentit.

— Accélérez.

— Eh ben, mon vieux, voilà ! Je fais, comme tu sais, mes visites académiques pour le fauteuil de Larmier et je vois, dans quelques instants, c'est-à-dire à cinq heures, l'octogénaire Labrout. Or, j'ai traîné ce vieillard dans la dernière des fanges, sans excuse et par simple désœuvrement, tout au long d'un article de *La Revue actuelle*, il y a six mois de ça. Alors, j'aurais bigrement aimé te trouver auprès de Labrout, qui est ton parent, je crois, et dont vous ouatez les derniers moments. L'article qui est intitulé : *Le droit à la barbe* n'est pas signé, mais la rumeur me dénonce et au cas où ton oncle Labrout, saurait à quoi s'en tenir, tu me servirais de bouclier.

— Parfait ! J'ai l'article chez moi. Je vais le lire en passant et je vous attendrai, avenue de Breteuil, auprès du vieux Labrout, qui vaut mieux qu'une bête !...

— Ton oncle est donc jumeau ?

— Pas lui, mais sa voix qui compte bien pour quatre !

— Je le sais fichtre bien ! mais il la donne à Boissort.

— Il vous la donnera.

— Chiche !

— Si je la lui enlève, me promettez-vous de tout faire auprès du ministre, ce soir même, à six heures, pour obten'r ma croix ?

--- Tiens, parbleu ! Ce serait mon élection certaine ! Rongel lui-même m'applaudirait d'avoir lâché son fils !

— C'est juré ?

— Je te crois !

A cinq heures, Pécal fit son entrée dans le cabinet de travail de Labrout. Il lui sembla qu'il s'enrhumait et que ce bureau était plutôt un cabinet de catarrhe, tant lui parurent de glace l'atmosphère de la salle et l'accueil de l'académicien. A peine soulevé, il eut l'attitude d'un bonhomme de neige, et il désigna du doigt un fauteuil avec un air de dire : « Celui-là, oui ; mais pas l'autre ! » Puis il s'assit et, sans prononcer un mot, promena sa main sur la nappe de verre qui recouvrait la table. C'était si lugubre et ce mutisme devenait si outrageant que Pécal eut vers Lancrit un regard qui disait : « Si ça dure seulement la seconde de plus, je me lève et je te fiche une paire de gifles. Mais Lancrit fumait, amusé.

Enfin, Labrout parla.

--- Monsieur, je n'ai pas besoin de vous dire que vous n'êtes pas un inconnu pour moi. Mon grand âge m'interdisant le théâtre, je n'ai pu entendre aucune de vos pièces et mes occupations absorbant mes journées ainsi que beaucoup de mes nuits, je n'ai pu lire davantage vos œuvres. Mais la réputation de votre talent m'en donne un sincère regret.

Une inclinaison réciproque salua la chute de ces mots.

— Maintenant, monsieur, reprit Labrout, quant à votre candidature, je vous parlerai net. Je compte voter pour Boissort. Je ne trouve pas à Boissort un talent décisif, mais c'est un garçon clairvoyant, d'infiniment d'esprit, et, à l'occasion même, d'une ironie redoutable.

C'était le congé. Mais comme Pécal se levait, Lancrit prit la parole : « Pardon, mon oncle, votre sympathie pour Boissort se base sur votre admiration à l'égard des articles parus dans la *Revue actuelle*

— Eh bien ! ne sont-ils pas admirables ?

— Admirables ! Et je relisais celui qui vous est consacré sous ce titre : *Le Droit à la barbe*, et qui est la merveille elle-même !

Et, joignant le geste à la parole, Lancrit ouvrit la *Revue actuelle* et lut d'une voix forte : « Labrout est le rasoir du monde ! Il ne se borne pas d'ailleurs à raser l'humanité entière. Je le vois, cavalier fantôme, rasant les précipices. Je le vois, par une froide nuit de décembre et sous une pluie fine et pénétrante, rasant les murs, et il ne doit avoir qu'un regret : c'est que sa conscience d'honnête homme ne lui permette pas de raser la Cour d'assises ou la Correctionnelle ! »

— Eh bien ! mon cher oncle, conclut Lancrit, cette page surprenante de verve et d'observation vraie est sous la signature d'Alceste, non pas l'œuvre de Boissort, qui aurait dû vous le dire, mais bien celle d'Alain Pécal.

Rouge de confusion, Pécal foudroyait déjà Lancrit pour cette trahison, quand Labrout intervint et, cordial, les mains offertes : « Comment, c'est vous qui avez écrit *Le Droit à la barbe* ? Mais, alors, réparation d'honneur, cher monsieur. Je rends à Pécal ce qui est à Pécal. C'est un chef-d'œuvre et vous aurez ma voix. Pensez-vous continuer ? »

— Il y a encore trois articles sur vous, affirma Lancrit.

— Bravo ! cria Labrout.

Et, devant la stupeur de Pécal, à la sortie, Lancrit déclarait : « Mais c'est tout naturel ! Un article agréable, c'est une joie finie, tandis qu'un article désagréable, c'est un embêtement qui peut recommencer ! »

## XIV

### Une Idée d'Eugénie

— Enfin, Daubannes, vous vous déclarez impuissant à faire cesser ce tapage ?

— Mais, monsieur Pécal, quel tapage ?

— Celui qui, depuis trois mois, m'empêche de travailler, de manger, de dormir, entouré du silence auquel j'ai droit, sacré nom d'un chien ! aussi bien que tous les locataires de votre immeuble ! Et même plus, j'imagine, car il n'y en a pas un pouvant invoquer aussi justement des occupations qui commandent des égards, j'irai même jusqu'à dire, le respect !

— Oh ! monsieur, à qui dites-vous ça ! Du rez-de-chaussée jusqu'aux chambres de bonnes, je vous assure bien que tout l'immeuble est fier de posséder un homme qui a tant de talent et de réputation ! Mais je n'y comprends rien ! Ces dames d'au-dessus sont tout ce qu'il y a de comme il faut. La mère, Mme Borizot, est veuve d'un commandant mort au champ d'honneur, on peut dire, car le commandant Borizot fut foudroyé par une insolation juste au moment où il rentrait chez lui. Mlle Eugénie se destine au Conservatoire. Elle travaille son piano, rien de plus naturel, et ces personnes ne voient guère que leurs quatre petits neveux et nièces, dont l'aîné n'a pas plus de six ans. Ce ne sont pourtant pas des enfants de cet âge qui mèneraient ce bruit !

— Et qui voulez-vous que ce soit ? Ce n'est pas, je pense, la veuve du commandant qui galope dans la maison sur un cheval à roulettes et qui bat du tambour et qui joue du clairon à tue-bouche, ou alors, si c'est elle, qu'on enferme cette folle immédiatement. Mais ils s'y mettent tous, je vous dis, tous ! La mère roule les meubles, la fille assomme son piano, les enfants se battent, les domestiques font tomber la vaisselle et le chien fait le cirque en poussant des aboiements affreux !

— Mais, monsieur, à quelles heures se produisent ces bruits ?

— Je vous l'ai dit, à l'heure du travail, à l'heure des repas, à l'heure du sommeil !

— C'est donc ça que vous m'avez appelé plusieurs fois et que, jusqu'ici, je n'ai rien entendu ?

Une explosion soudaine les jeta en arrière comme d'un coup de tête au creux de l'estomac. Les vitres grelottèrent de peur et des plâtres se mirent à tomber.

— Eh bien ! que dites-vous de ça ? demanda Pécal.

— C'est fort désagréable, j'en conviens, répondit Daubannes, très pâle, mais je sais ce que c'est.

Et avec le plus rassurant sourire, il ajouta : « C'est leur escarpolette !... »

— Quelle escarpolette ?

— Celle que les enfants ont accroché dans l'antichambre,

Je leur avais bien dit qu'ils finiraient par tomber et vous voyez combien j'avais raison ! Mais j'y vais de ce pas !

— Pour leur donner congé ?

— Oh ! monsieur, cela n'est pas possible ! Ces personnes payent admirablement, et elles ont encore plus de six ans de bail !

— Alors, Daubannes, retenez bien ceci. J'ai du monde chez moi, ce soir. M. Rames, un jeune poète de très grand talent, qui est le gendre de M. Martin-Bouvreuil, vient nous lire une pièce en trois actes et en vers. M. Martin-Bouvreuil est tout puissant à l'Académie. Je ne vous cache pas qu'il y va de mon élection. Il nous faut donc une tranquillité absolue. Si nous sommes dérangés le moins du monde, je vous donne ma parole d'honneur, Daubannes, que je signifie congé de l'appartement et que, dans les trois jours, j'aurai déménagé. C'est compris ?

— Je réponds de l'ordre ! affirma Daubannes en posant l'index sur le ruban de sa médaille militaire. Et il quitta Pécal, non sans avoir exprimé avec un sourire grognard mais indulgent : « Ah ! ces enfants ! quels démons tout de même !... »

Tous exacts dès neuf heures un quart, à cause de la lecture, les invités étaient au grand complet. Chambrée ultra-select et réunion hyperacadémique, notait déjà le reporter mondain : duc et duchesse d'Arnoix, le prince Maximoff, M. de Pontich, qui devait dire les vers exquis de Villon : « *Mais où sont les neiges d'antan ?...* », le général comte Labrot, Lancrit cela va sans dire, Boissort, les académiciens Fourgues, Bagel, d'Avrilon, Martin-Bouvreuil et le jeune poète Arthur Rames, le clou de la soirée.

Déjà, chacun lui faisait fête. Maigre, long, pâle et de cheveux noirs, il répondait par un sourire sympathique et défait. Un confrère avait dit de lui qu'il avait une figure vermifuge. Quelle plaisanterie ! Rames est on ne peut mieux. « Mon jeune maître, annonça Pécal, vous avez la parole. »

Le poète déroula son manuscrit et laissa tomber ce titre :

### LA DISGRACE DU MINISTRE

*Tragi-farce en trois actes et un coup de balai*

On voulait applaudir. Mais, d'une voix forte, Rames commença :

## SCÈNE PREMIÈRE

L'HUISSIER, LE MINISTRE

L'HUISSIER, *au ministre*

Monseigneur, le roi dort !...

LE MINISTRE, *humblement*

Eh bien ! soit. J'attendrai.
Faites toujours venir le cul-de-jatte André...

Or, voici qu'à l'étage au-dessus, les premières mesures de la *Marche funèbre* de Chopin se font entendre. Les Pécal pâlissent. On sourit. Cela semble d'abord un accompagnement ironique. Le poète lui-même y souscrit par un geste enjoué. Mais bientôt le chant s'amplifie. Il est appuyé par des trépignements, des cris d'enfants et des entrechocs de casseroles comme si s'organisait tout à coup, au-dessus des têtes, un carnaval polynésien ! Pécal multiplie les gestes d'indignation et d'excuse. De tous côtés, on crie au poète : « Continuez ! Ne vous troublez pas ! Nous vous entendons ! »

Il lutte. De beaux vers éclatent :

Et contre les rumeurs d'une foule en délire
J'opposerai l'airain de_ cordes de ma lyre !...

Mais un cyclone se déchaîne, qui semble emporter le plafond comme à la semelle des souliers de la tempête elle-même, et l'on comprend que c'est la première matchiche d'une sauterie qu'on vient d'organiser. Alors, le poète se lève : « Monsieur, dit-il, je regrette que vous m'ayiez exposé à une pareille aventure ! » Et, malgré les protestations de Pécal, il prend congé, suivi des Martin-Bouvreuil ; puis, à de brefs intervalles, de tous les invités.

— C'est épouvantable ! exclama Pécal resté seul avec Lancrit. Mais qu'est-ce qu'elles ont donc, ces v...-là ? Qu'est-ce cela veut dire ?

— Ça, c'est une idée d'Eugénie ! répondit Lancrit.

— Qu'est-ce que ça signifie ?

— C'est Mme Borizot qui dit toujours, en parlant d'Eugénie, sa fille : « Ça, c'est une idée d'Eugénie ! »

— Tu les connais donc ?

— Très bien !

— Eh bien ! tu peux leur dire qu'elles m'obligent à ficher le camp d'ici ! J'ai encore un an de bail ! J'ai fait dans l'appartement pour trente mille francs de travaux ! Ça m'est égal, j'aime mieux m'en aller !

— Vous êtes décidé ?

— Irrévocablement.

— Eh bien ! ne vous tourmentez pas. Laissez tout dans l'état. Je prendrai votre suite.

— Mon appartement ? Eh bien ! je voudrais t'y voir dans ce tapage horrible !

— Je les ferai bien taire.

— Et tu crois qu'elle t'écoutera, l'infernale Eugénie ?

— Sûr !

— Pourquoi toi plus que moi ?

— Faut-il vous le dire ?

— Parle !...

— Eh bien ! c'est ma maîtresse.


XV


## Une lecture


— Cré vingt dieux, que j'ai mal à la tête ! exhala Pécal.

— Non ? fit Lancrit.

— Comment, non ? Je le sais bien, peut-être !

— Faut croire !

— Eh bien ! alors, pourquoi me démens-tu ?

— Je ne vous démens pas ! C'est interrogatif ! Cela signifie : « Ce n'est pas vrai, je pense ? »

— Tu t'imagines donc que c'est pour te faire rire que je me plains d'avoir mal à la tête !

— Je croyais !

— Quelle brute !

— Non, mais, sans blague, c'était pour vous dire que ce n'est pas le moment !

— Je te crois que ce n'est pas le moment ! Je n'ai pas eu la migraine depuis des temps infinis et il faut que ça me reprenne juste quand je vais lire !

— Si vous décommandiez ?

— Solivot ? Pas moyen ! Il est à moitié fou ! Il y a trois mois qu'il fait des reprises à son théâtre comme à un vieux jupon ! Il lui faut une pièce à répéter demain et je te promets qu'il est déjà en route ! Il arrive ! Il arrive, le Soli vot !... Ah ! il va bien falloir ! L'embêtant, c'est que ce n'est pas une pièce légère ! C'est dans la dernière violence, et il faut un coup de gueule dont je me sens, pour l'instant, tout à fait incapable !

— Voulez-vous que je lise ?

— Tu es bien gentil. Mais tu n'as pas plus de voix que la coccinelle elle-même où le simple blaireau, et tu proposes le tatou quand il faut le putois !

— Alors ?

— Alors, tiens, plonge dans ce tiroir là-bas. Il y a des tas de drogues ! C'est le magasin aux poudres. Il doit y avoir de l'antipyrine, de l'aspirine et du pyramidon pour ma femme et ma fille...

— C'est un capharnaüm ! déclara Lancrit. Il y a de tout ! Voilà de la pepsine ! De la strychnine !

— La mère des poisons !

— Du sulfonal !

— Parfait pour l'insomnie !

— Le sulfonal ?

— Admirable ! Mais, le pyramidon, bon Dieu.

— Le voilà !

— Eh bien ! n'hésite pas. Eventre ce cachet et verse-le dans le verre !

D'un trait, Pécal avala la potion, fit une grimace qui lui chavira la figure ; mais, se ressaisissant : « C'est ignoble ! Je ne sais rien d'aussi épouvantable que cette affaire-là ! C'est égal, ça va mieux ! Je me sens d'attaque ! Et maintenant qu'il entre !... »

En avance de dix minutes, Solivot entra. Bien qu'il fût monté dans l'ascenseur, il haletait et s'épongeait le front.

— Ça y est ? On peut lire ? demanda-t-il anxieux.

— À l'instant.

— Chouette ! Vous me sauvez ! Nous répétons demain et nous passons dans un mois au plus tard ! C'est violent ?

— Terrible !

— Bravo ! Allez-y.,

— Je commence.

D'une voix claire et forte, presque militaire, Pécal annonça le titre : *A nous deux !...*

— Oh ! très bien ! exclama Solivot, dont les yeux pétillèrent. C'est de la lutte, ça !

— Et de la belle ! car on se prend à la gorge, vous savez ! Attention !...

Comme il faisait toujours, sûr de sa parole et prodigue d'expression, Pécal se rua sur son texte, attaquant à plein gosier une action qui s'embrasait au choc des premiers mots. Il allait, se multipliant dans les scènes à nombreux personnages, mimant les états d'âme, donnant sans compter la douleur, la colère, l'imprécation et le rire strident. Vraiment, c'était du beau Pécal !

Pourtant il semblait vers le milieu de ce premier acte que la voix, en quelques bonds, avait atteint une hauteur extrême. On eût dit que, déjà, elle trébuchait sur certaines syllabes et qu'elle se redressait d'un soudain effort comme un buste oscillant sous des poussées de sommeil.

Car c'était bien cela. Une sorte de somnolence s'infiltrait dans la gorge. La langue était moins déliée. Plusieurs fois, le liseur dut appliquer la main sur sa bouche comme pour renforcer des bâillements, et le premier acte, qui avait débuté dans la clameur et dans l'enthousiasme, finit dans le murmure de Pécal et l'étonnement de ses deux auditeurs.

— C'est singulier, remarqua Solivot. Le commencement donnait une chose de fougue et de passion épatante et ça fiche le camp dans la monotonie...

— C'est ma faute ! expliqua Pécal. Je lis à faire vomir. Je ne sais pas ce que j'ai ! Je tombe de sommeil !...

— De sommeil ? demanda Lancrit.

— Eh bien ! ça, par exemple ! exclama Solivot, ça n'est pas ordinaire ! J'ai dormi bien souvent pendant qu'on me lisait ! Mais ce serait la première fois que je verrais un auteur s'endormir pendant qu'il lit sa pièce !

— Que diable voulez-vous ? protesta Pécal. En effet, c'est un cas incroyable ! Je suis furieux, mais, sacré nom d'un chien ! je vous jure ma parole d'honneur que ça va se passer !

D'un formidable élan, il partit sur le deux. Ce fut un raid énorme. Mais cette ardeur ne dura qu'un moment. D'elles-mêmes, les cordes vocales se relâchèrent et dès lors ce fut la catastrophe. Les yeux se brouillèrent. La bouche s'empâta. Les mots se transformèrent. A des phrases comme celle-ci : « J'aim   la vie de famille », se substituait : « J'aime la vie de famine », et, ce cri d'amour ! « Camille, je t'aime ! » fut remplacé par : « Camomille, je t'aime ! » Le sens disparaissait. Les bâillements engloutissaient des lignes entières, et le gâchis devint tel que Pécal, passant le manuscrit à Lancrit, lui dit : « Continue ! Quant à moi, je m'en f... ! j'aime mieux roupiller ! »

D'une voix d'insecte, Lancrit entama la lecture du trois, tandis que Pécal, après avoir murmuré des excuses, s'étendait au long d'un canapé. Offensé, mais encore patient, Solivot avançait l'oreille pour essayer d'entendre ; mais tout à coup, un ronflement qui secoua les objets d'un tremblement subit dressa le directeur :

— Assez ! dit Solivot. C'est la première fois que pareille chose m'arrive. Pécal se conduit comme un mufle. Pour rien au monde, je ne jouerai sa pièce. Ainsi donc, Lancrit, 'si vous avez trois actes, profitez-en, mon cher !

— Je les ai.

— Portez-les moi ce soir.

— Entendu !

— Et puis, vous savez, ajouta Solivot, près de la porte. en désignant le ronfleur, un homme qui dort comme ça est un homme à la mer.

Et comme Lancrit se rapprochait du canapé pour prendre son chapeau, il entendait que Pécal marmottait :

— Salop ! qui m'a donné du sulfonal pour du pyramidon !...

## XVI

## Lancrit conférencier

— Bonjour, patron ! cria radieusement Lancrit.
— Bonjour, petit voyou ! répondit joyeusement Pécal.
— Je vous apporte une bonne nouvelle !
— Nom de Dieu !...

Et, ayant avalé de travers une gorgée de café, l'écrivain se mit à tousser si fort que son jeune ami lui prodigua, dans le dos, des tapes empressées, en disant : « Ne vous frappez donc pas ! »

— Ah ! la la ! tu t'y entends à me fiche des tracs ! Qu'est-ce que c'est encore que cette bonne nouvelle ?
— Vous ne devinez pas ?
— Déballe, sacrebleu !
— Eh bien ! voilà. On me demande de faire une conférence avec ce titre : « Pécal et son théâtre ».
— Qui ça te le demande ?
— Le baron Courtin.
— Tu connais donc le baron Courtin ?
— Mais oui ! C'est un homme admirable ! Outre qu'il est l'académicien connu de tout Paris, il fait des choses inouïes pour maintenir l'œuvre qu'il a fondée, et savez-vous le dernier potin ? Pour sauver son asile, il n'a pas craint d'envoyer sa femme au financier Biron, un ancien flirt de la baronne, si bien qu'on n'appelle plus notre cher philanthrope que le « biron Courtin ».
— Où as-tu appris ça ?
— Hier, à la Comédie-Française, où tout le monde applaudissait à cet acte qu'on appelait un acte de courage.
— Mais qui t'a mis en rapport avec ce cher baron ?
— Mon oncle l'académicien.
— Ah ! très bien ! C'est-à-dire que c'est toi qui, par l'intermédiaire de ton oncle, lui a collé une conférence de Lancrit dont Pécal et son théâtre doivent faire les frais !

— Les frais, c'est possible ; mais c'est Boissort qui va payer la casse. Écoutez-moi, patron. Ça va être extraordinaire, ce gala de l'Odéon, organisé par le baron Courtin. Vous avez consenti à donner un acte inédit de votre prochaine œuvre ! Pensez quelle attraction ! Ce sera la répétition générale de votre élection à l'Académie. Le duel est entre vous et Boissort. Eh bien ! j'ose vous dire qu'après ma conférence, votre élection au fauteuil de Larmier sera exigée par une salle enthousiaste et que Boissort jouera le rossignol qui était « sans voix » quoique de Millevoye !

Lancrit était si ardent et si gai que Pécal, gagné, haussa les épaules : « Enfin, tu sais que je joue, dans cette affaire-là, une partie décisive. Ainsi donc, sois prudent ! »

Tout à fait réussi, le gala de Courtin. Le baron avait essentiellement tenu à ce que le spectacle eût, tout ensemble, un caractère aristocratique et familial. Donc pas de music-hall. Au début, un remercîment de Courtin lui-même, des chants russes, deux numéros de cinéma : *La Mort de Brunehaut* et *La Farce de Maître Pathelin* ; des danses du dix-septième et, enfin, la conférence de Lancrit, que suivait le deuxième acte de *La Courageuse*, la pièce de Pécal si universellement et si impatiemment attendue.

Il n'y avait pas de doute. Le baron pouvait dire qu'il devait le meilleur de sa recette à ce fameux deuxième acte, dont l'annonce avait fait monter le prix des derniers fauteuils et des plus modestes places à des taux vraiment inespérés. Aussi, la salle était-elle d'une élégance suprême, cela va sans dire, mais pas d'une élégance frivole, car elle dégageait, en même temps, cette atmosphère de comme il faut souriant et de quant à soi juvénile qui règne dans les matinées classiques et au sein des bals blancs. Le faubourg, les ambassades, l'Académie étaient représentés par des familles. Les Blanck de l'Isère occupaient l'avant-scène rez-de-chaussée de droite, et les Pécal — lui, dissimulé tout au fond — l'avant-scène de gauche. L'élément jeune fille dominait, car la baronne Courtin avait prévenu que le deuxième acte de *La Courageuse* était éminemment moral, et, malgré que l'on s'observât sans tendresse de toilette à toilette la salle s'emplissait d'un vif et frais gazouillement.

Les trois coups. Les Russes chantent. Tout tremble. Brunehaut meurt sans succès. Pathelin bêle dans le silence, et le dix-septième danse dans le sourire et la distraction. On attend Lancrit. Le voici.

Un murmure lui fait une jonchée. Il salue, s'asseoit et le voilà parti.

Par quelques mots qui propagent le charme, en requérant pour son « indigne jeunesse » une sympathie décisive, il divise son sujet et, spontanément, avec fougue et méthode, il attaque l'enfance de Pécal. Devant cette assemblée d'élite, il le représente issu de la plus basse extraction, fils d'un cordonnier de village, et lui-même ayant fait sauter sur ses genoux d'adolescent l'humble chaussure paysanne qu'il faut ressemeler.

De l'admiration souligne les périodes émues de Lancrit. Pourtant, une sorte de surprise et comme du désappointement semblent éclore à l'égard de Pécal. On supposait à ce gracieux et fort talent un peu plus de naissance, et vers la loge où se cache l'auteur de La Courageuse se dirigent des regards indulgents et déçus. Mais voici que le conférencier s'anime. Il analyse maintenant l'œuvre et le caractère du maître.

Il exalte son indépendance. Il le montre d'une intransigeance farouche. D'opuscules inconnus et des œuvres publiées de sa toute jeunesse, il cite des extraits en lesquels Pécal s'acharne contre la religion, la famille, l'armée, l'aristocratie et l'Académie elle-même avec des mots que Lancrit déclare d'un sublime héroïsme, mais qui font naître dans l'auditoire un frémissement de scandale et des chuchotements indignés. Alors, sans le nommer, il oppose à la poétique emballée de Pécal, l'art sage de Boissort, de cet écrivain respectueux et ponctuel qui n'a jamais été qu'un respect au monde, l'Académie, et qui pourrait retourner le refrain célèbre et chanter : « Mais ma maison à moi, c'est l'Institut ! »

— Et maintenant, termina-t-il, vous allez voir ce deuxième acte de La Courageuse qui est vraiment une œuvre courageuse, et qui, sous son apparence d'ingénuité tendre cache, entre deux jeunes filles, une de ces amitiés indéfinies et indéfinissables, telles qu'il en survient trop fréquemment, hélas ! dans les cœurs ignorants !... »

A ces mots, des familles entières se levèrent et, sans attendre la fin, gagnèrent les sorties, emportant les jeunes filles pour les soustraire à l'imminent spectacle de telles amitiés.

Affolé, Courtin essayait de retenir la foule et, n'y pouvant parvenir, il courut dans la coulisse où Lancrit fulminait contre la lâcheté imbécile des auditoires mondains.

— Mon cher Pécot, dit-il, je suis vraiment furieux ! Vous auriez pû me dire ce qu'était votre deuxième acte ! Impossible de jouer une chose pareille ! Boissort, il y a ici un acte de vous au répertoire, et voici vos deux interprètes. Vite, une annonce et enlevez-moi ça !

— Mon petit Lancrit, remerciait Boissort, vous m'avez rendu un énorme service.

— Sans le vouloir, je vous le jure bien ! protesta le conférencier. On ne m'a pas compris, et j'en suis désolé ! Mais puisque, tout de même, je vous rends service, ajouta-t-il à voix un peu plus basse, parlez donc pour moi à Blanck de l'Isère pour qu'il consente à mon mariage avec la jeune Arlette !...

## XVII

## La croix !

— Lancrit est malade.
— Non ?
— Si.
— Gravement ?
— En danger.
— Et il ne fait rien dire ?
— Il n'a pas eu le temps !
— Qu'est-ce qu'il a donc ?
— La grippe.
— Ah ! bon !
— Oui, mais la sale grippe ! Il l'a attrapée en sortant du théâtre. Il s'est levé trop tôt et maintenant, ça y est. Congestion pulmonaire, peut-être méningite, délire et quarante de fièvre ! Il fait le maximum !

La nouvelle s'était aussitôt répandue et, vraiment, elle avait consterné tout Paris. On adorait Lancrit. Des ratés lui reprochaient bien un féroce arrivisme et une muflerie toujours prête, masqués par des dehors élégants et cordiaux. Poussière ! Le petit père Lancrit avait trusté la sympathie publique.

On aimait sa manière. Quand les autres donnaient de sourcilleux penseurs, des travailleurs moroses ou des lutteurs balourds, lui donnait le jeune danseur qui arrive en valsant. C'était l'idéal ! ce n'était pas une tête, c'était un chapeau, le chapeau si léger qu'emporte le papillon de la réclame ! Un souffle ! un rien ! Mais ce rien accrochait au passage.

Et c'est ainsi qu'avec la grâce tournoyante d'un conducteur de cotillon (autre image aussi juste que la précédente), Lancrit entraînait à sa suite tout un « monde » d'amis, d'ennemis et de snobs. Il y eut donc une poussée de foule vers le 40 du boulevard Haussmann, où le jeune maître se débattait haletant contre la congestion.

Impitoyablement, les visiteurs étaient maintenus au dehors. Deux médecins se relayaient auprès du malade et publiaient à l'envie l'un de l'autre, des bulletins de santé contradictoires qui rivalisaient de pessimisme en arrivant presque à déclarer épuisées les « ressources de l'art ». Aussi, disait-on couramment qu'à moins d'un miracle, Lancrit sûrement ne s'en tirerait pas.

Seul, Pécal veillait auprès de son ami... Il faisait, en vérité, l'admiration de tous. C'était la troisième nuit qu'il passait à surveiller la somnolence agitée du fiévreux, à s'angoisser de ses plaintes et à lui présenter des potions que celui-ci repoussait d'ailleurs systématiquement d'un geste de dégoût.

Pécal se demandait bien parfois ce qu'il faisait là au lieu d'être tranquillement dans son lit à pratiquer le sommeil ou l'amour du prochain de plus intelligente et de plus agréable façon : « C'est trop fort tout de même, se disait-il, voilà un animal qui m'a fait les pires rosseries et qui a, pour ainsi dire, absorbé ma vie au profit de la sienne, et je suis là près de lui, tourmenté, ma parole, comme s'il était mon enfant ! Je sais bien qu'il m'intéresse parbleu, et qu'il m'amuse, même quand il m'envoie des crocs-en-jambe. Mais c'est égal, c'est trop lâche à la fin ! Il est mon absinthe cérébrale ce petit saligaud ! Tout de même, ça n'est pas une excuse et je n'en fais pas moins rigoler tout Paris avec mon dilettantisme qui m'assimile à une immense poire ! Non, cette fois, c'est assez, mon vieux ! Je vais sonner la garde et je vais me coucher !...

Mais, comme s'il entendait le muet monologue, Lancrit se mit tout à coup à gémir. Pécal s'élança. Un délire subit dressa le malade. Les yeux dardés, le bras tendu, l'index désignant un point invisible il répétait : « La croix ! la croix ! »

Que voulait-il dire ? Pécal crut qu'il désignait un ami qui s'appelait Lacroix. — « Il viendra tout à l'heure, ton ami Lacroix. Ne t'agite pas, implora-t-il. Mais l'autre d'une voix sifflante articula : « Croix ! Croix ! substantif féminin !... » C'est sa maîtresse, pensa l'attentif gardien, et, doucement : « Elle t'adore et elle ne songe qu'à son petit Albert, ta petite Lacroix ! » Or, tragique, Lancrit se dressait presque debout, criant : « La croix d'honneur, nom de Dieu ! Vous ne me comprenez pas ? Ces cochons me laisseront mourir sans me l'avoir donnée ! » Et, terrassé par l'effort, il retomba inerte, les yeux fermés et la bouche ouverte, happant des gorgées d'air.

Pécal avait compris. Dès qu'il sonna neuf heures, il était chez le ministre de l'Instruction publique. La scène fut terrible. Le ministre envoyait à l'instant même la promotion à la Chancellerie et, pour décorer Lancrit, il fallait biffer le nom d'un admirable vieux peintre de qui la boutonnière vide était un scandale et une flétrissure pour le gouvernement.

Mais Pécal s'emporta : « Si tu refuses, déclara-t-il, tu te déconsidères, tu te rends impossible dans le monde des lettres, car ce garçon-là est le plus brillant espoir du théâtre et de la littérature et tu te rends même coupable d'un crime, car tu ne supprimes pas seulement un espoir, mais, ajouta-t-il, trop emballé pour prendre garde à ses mots... tu tues un enfant !...

— Soit ! accorda le ministre. Puisqu'il en est ainsi, je vais faire signer le décret d'urgence et je porterai moi-même la nouvelle à ce malheureux garçon. C'est l'affaire d'une heure.

— Pourvu qu'il soit encore temps !...

Tandis que le ministre courait présenter à la signature le décret *in extremis*, Pécal était vivement retourné auprès de Lancrit et s'efforçait de lui faire entendre que son vœu allait être exaucé. Mais le malade fixait sur lui un œil immobile et fou.

— Ecoute ça, mon petit ! Tu vas avoir la croix ! Tu comprends bien, n'est-ce pas ? La croix d'honneur ! L'étoile des braves ! Ruban rouge ! Boutonnière ! Là, sur la poitrine !

Il semblait ne pas même percevoir ces sons. Alors, pour frapper son imagination et l'amuser même si cela se pouvait, il imita le soldat qui présente les armes et, un pouce sur les lèvres comme une embouchure de cuivre, il fit aussi retentir le tara la tara du clairon qui sonne aux champs.

Le clairon sonnait encore !... quand le ministre entra. Il parut surpris de l'attitude de Pécal et fâché qu'il n'y eut point de monde. Néanmoins, allant droit à Lancrit, il commença : « Mon cher ami et jeune maître, le gouvernement de la République, qui fait des vœux pour votre guérison, honore en votre personne un talent qui n'en est plus à donner des promesses, mais sur lequel on fonde les plus beaux espoirs. Courage donc ! Travaillez !...

— En voilà assez, mon vieux, interrompit Pécal. Ce pauvre petit ne t'entends même pas ! Embrasse-le donc puisque ce qu'il a ne peut pas s'attraper et fiche-lui sur son lit la petite boîte que tu as dans la main.

Le malade ne bougea pas. Il semblait mort. Mais quand, après avoir accompagné le ministre, qui hochait la tête ne cessant de dire : « Il est bien bas », Pécal rentra dans la chambre. Lancrit était debout, la croix d'honneur agrafée à sa robe de chambre et à tue-tête, il chantait : « *Aux armes, citoyens !...* »

Pécal devina et éclatant : « Comment s... t... de... b... de mille millions de s... n... de t... de Dieu ! Tu n'étais pas malade ? »

— Oh ! si répondit le jeune décoré, mais à présent, ça va mieux !....

## XVIII

## Un grand mariage

C'est infect ! — Ignoble ! — Dégoûtant ! — Ce n'est pas
un mariage, c'est un affreux carnage ! — Moi je fiche le
camp ! — Essayez donc pour voir ! — L'église est bondée !
Il y a du monde depuis le maître-autel jusque chez Maxim's.
— « Vous m'écrasez les pieds, monsieur ! — Vous vous
le figurez ! — Je le sais bien peut-être ! — Comment voulez-vous que je vous écrase les deux pieds à la fois ? —
Vous jouez sur les maux ! — Sur les cors ! — Vous savez
qu'on se tue ? — Non ? — Si ! Autour du bénitier. Mme
d'Arcimont a giflé un bedeau ! — L'attentat ? — Au contraire ! Ça a fait un chahut ! — Deux hommes sont
tombés des tribunes ! — Quelle blague ! — Ma parole ! Sur un petit enfant ! — « L'enfant avait reçu
deux mâles sur la tête ! » — Quelle horreur ! —
« Il faut bien tuer le temps ! — « On n'en sortira pas ! »
— « Il n'y a que Lancrit qui se tirera de cette affaire-là ! —
Très chic en marié ! — Très redingote ! — « La petite
Blanck aussi est gentille ! — « Les voilà aux prises ! —
« La guerre des deux rosses ! — Et le père Blanck ? Si-
nistre ! — « On dirait le « père la débâcle » ! — « Vous
savez qu'il y a de mauvais bruits ? — Quelle blague ! » —
« Eh ! mon cher ! — « Avec ça qu'ils auraient eu Lancrit
s'ils n'avaient pas aboulé deux millions ! — « Oui, mais ils
sont en valeurs ! Tout en *Sucres du Nord* et ça fond, paraît-il ! — Et Pécal ? Il n'est pas témoin ? — Non, mais sa
fille est demoiselle d'honneur. — « Il paraît que ça se dé-
colle, les Pécal et Lancrit. — « Oh ! le jour où Pécal ne
rigolera plus, il flanquera à Lancrit un de ces coups de
tête au creux de l'estomac, je ne vous dis que ça ! — Dites-
moi, qui est donc cet évêque qui a parlé une heure ? —
Monseigneur Perdrot. — C'est un nom d'ouverture !     Et

un coup de fusil ! — Il prêche même en temps prohibé ! — Attention !...

Les chapeaux balancèrent à la pointe des cannes. Un flot noir s'engouffra dans la sacristie, roula devant le demi-cercle que les Blanck et les Lancrit enguirlandaient de sourires et courut vers l'hôtel de l'avenue Friedland où le grand industriel allait recevoir ses amis.

Même foule et même écrasement. Mais cette fois ce n'était plus les chapeaux qui tanguaient au-dessus des têtes comme des dirigeables. C'étaient des coupes qu'on élevait et qu'on promenait avec des ronds de bras et des sandwiches, que des invités à visages affamés s'en allaient dévorer dans les coins.

Dans le jardin d'hiver, Mme Pécal rencontra son mari.

— « Ah ! te voilà enfin ! Je rentre tout de suite. Ne t'inquiète pas. Pierrette a eu une syncope ! Mais ce n'est rien, je te dis, ce n'est rien...

— « La chaleur ?... demanda Pécal.

— « Non. L'émotion... Tu sais bien...

— « Quoi donc ?

— « Voyons, tu sais bien... (et à voix basse). Elle aimait Lancrit, cette petite. Il lui avait dit qu'ils se marieraient. Et puis les·millions de Blanck... Enfin il l'a plaquée...

— « Mais ?...

— « Oh ! rien du tout ! très sage ! Mais n'est-ce pas, ça n'en est pas moins dur, surtout pour Pierrette qui ne dit pas un mot !...

— « Nom d'un chien qu'est-ce que tu m'apprends là ! Cette pauvre petite, ce qu'elle a dû souffrir ! Mais quelle chance pour elle et quelle gaffe pour lui ! Blanck l'a roulé dans le sucre comme un beignet aux pommes. Il lui a fichu une dot tout en « Sucres du Nord », et c'est fondu, figure-toi ! Je viens de voir Alphy tout de suite et il le sait fort bien ! Il trinque pour cent mille cet excellent Alphy ! Blanck a tenu le coup jusqu'au mariage de sa fille. Mais demain ça y est ! Faillite ! Débâcle ! Banqueroute ! Procès ! La fuite ! La boue ! En voilà une aubaine !

— « Oh ! comment peux-tu dire ?

— « Ah ! tu sais moi j'en ai ma claque de Lancrit ! Je m'amusais avec lui comme feu Footit et Chocolat et j'ai bien voulu être Chocolat plus souvent qu'à mon tour ! Mais du moment qu'il fait souffrir Pierrette, ah ! non ! Ça jamais de la vie ! Plus de blagues ! C'est moi maintenant qui vais être Footit et je vais le lui footir une de ces beignes qui lui fera passer une nuit de noces  dont il se souviendra !

— « Alain !...

— « Va-t-en rejoindre Pierrette. Tiens le voilà qui vient... Souriant, Lancrit s'avançait.

— « Cher patron ! Je vous ai vu à  peine ! Comme c'est bête ces foules de mariage ! On ne rencontre que des gens qu'on ne voudrait pas voir ! Je vous cherchais partout ! Comment ça va ? Pas trop chaud ? Pas trop de  bousculade ?

— « Mais non ! Je suis très bien ! Et je suis dans la joie, mon petit ! Dans une de ces joies !...

— « Vrai ?

— « C'est pour toi !

— « Que vous êtes gentil ! Oui je suis bien content ! Vraiment ça c'est bien passé ! Vous avez vu ? Personne ne manquait. Les d'Ossun sont revenus exprès d'une croisière dans la mer Caspienne ! Vous savez j'en ai été touché jusqu'aux larmes ! Et ce télégramme du prince : « Je  suis avec vous de cœur. Votre affectionné. Charles ». Ce sont des témoignages ! Sans compter le côté comique. Monseigneur Perdrot qui, dans son trouble, avait oublié devinez quoi ?... La bénédiction du pape !...

« Mais ta femme ! Parle-moi de ta femme !

— « Délicieuse ! Arlette est exquise ! Et puis une intelligence, un esprit !...

— « Et d'attaque, celle-là ! Elle t'adore cette petite-là et sacrebleu tu le mérites bien, car dans ta situation tu pouvais faire un mariage d'intérêt et tu fais un mariage très propre, qui te pose comme un ennemi des coureurs de dots et des mufles affolés seulement de fortune !

— « Bien sûr ! Mais tout de même, c'est de la  belle aisance !

— « Allons, ne bluffe pas, mon vieux ! C'est supérieur ce que tu as fait là !

— « Comment ? Qu'est-ce que j'ai fait ?

— « Tu épouses une femme que tu aimes et qui n'a pas un sou !

— « Arlette ? Mais elle a deux millions !

— « Ne te calomnie pas ! Elle n'a rien du tout puisque

tu sais bien que ces deux millions sont en « Sucres du Nord ».

Pécal regardait Lancrit, prêt à le soutenir s'il chancelait sous ce coup de massue. Mais Lancrit ne broncha pas. Il sourit simplement et dit :

— « Ah ! oui les « Sucres du Nord », en effet, tournent à la mélasse. Mais je m'en doutais et, pour la dot d'Arlette, j'ai fait entendre que j'aimais mieux autre chose, ce qui fait que je n'ai pas un seul sucre du Nord.

— « Et qu'est-ce que tu as donc ?

— « Je n'ai que des « Sucres de l'Est !... »

— Que le diabète t'emporte ! fit entendre Pécal qui s'éloigna songeur.

## XIX

## Un grand enterrement

Avenue de Wagram, sur le trottoir, en face, un bataillon. Il fait clair et sec. Le drapeau claque et fait sauter au vent des victoires en lettres d'or. Déjà la musique joue la marche de Chopin.

La foule grossit. Au-dessus des têtes, les hauts-de-forme font un parapet luisant. Des autos accourent essoufflées d'où descendent des actrices en folles toilettes noires et de qui les rires, dès le pied à terre, en changent en une moue de grand deuil.

Des terrassiers, des midinettes, des apaches, de tout petits garçons pâtissiers se pressent cordialement. Aux balcons, des dames emmitouflées et des messieurs en fourrures et en oreillettes regardent. Des index qui vont et viennent désignent des personnages. D'un balai furieux, la concierge d'une maison voisine chasse un chien.

Au dedans, dès l'entrée, l'air est gris et argent. Des lumières dansent au bout de grands cierges et des messieurs signent, signent, signent toujours, passant le crayon à ceux qui suivent. Un jeune homme blond et en habit leur dit à voix basse : « Par ici », et ils commencent de monter l'escalier que d'autres descendent dans un entrecroisement de propos chuchotés.

— « Ce pauvre Boissort, hein ! qui aurait dit ça ? — Effrayant ! — Comment est-il mort ? — Embolie. — Alors dans la nuit ? — Je vous dis une embolie ! — Oh ! pardon, j'entendais dans son lit. — Mais oui. — A la bonne heure, voilà qui est mourir ! — Il y a du monde ! — Une salle superbe ! — Attention ! Ne lâchez pas la rampe ! — Combien d'étages encore ? — Quatre ! — Nom de !... Oh !... pardon, Duchesse, dans tout ce noir, je ne vous voyais pas ! — Quelle mort dites-moi ! J'en suis désespérée ! Et moi qui comptais tant sur lui le vingt-cinq ! Vous serez bien des nôtres au moins ? — Certes, duchesse, pourvu que Dieu me prête vie ! — Tiens ! M. Marc Varenne ! Mes plus humbles respects car j'aime à croire que vous représentez ? — Pas du tout, je ne viens qu'en mon nom. — Alors comment ça va ? — Mais très bien. Vous savez que là-haut c'est navrant ! — Pauvres gens, c'est terrible ! Combien d'étages encore ? — Deux. — C'est terrible ! Te voilà toi fripouille ! Dis donc comment s'arrange-t-on ? Je m'en vais déjeuner. — Attends, nous déjeunerons ensemble. — Impossible ! — Si ! Si ! Remonte avec moi, après quoi je t'emporte en auto et je t'emmène déjeuner dans un endroit très bien, tout près du cimetière ! Mais viens donc, sacrebleu ! Tu vas faire un scandale ! — Ils en seront touchés. Il n'y en a pas beaucoup, va, qui en feront autant ! — « C'est une blague idiote ! — Mais non ! Mais non ! tu vas voir que ce sera très bien ! A propos, les discours ? — Deux seulement. Larmier au nom des Auteurs et Lancrit au nom des amis personnels — Et pas de Pécal ? — « Pas le moindre Pécal. D'ailleurs, c'est la neurasthénie. Ses trois fours consécutifs l'ont mis dans un état ! — L'absence ? — « Non, non, il est venu. Il tient même un des cordons du poêle. — « Ça va le réchauffer ! Montparnasse ?... Lui-même. — « Sais-tu ce qu'on va faire ? On dit, à la ronde, quelques mots de douleur. On va déjeuner. On défile à l'église. On suit le cortège jusqu'à Obélisque. Là on se défile et on court en auto jusqu'au seuil de la tombe pour entendre Lancrit ! Attention ! La famille !... « De tout cœur !... (poignée de mains) profondé-

ment navré !.. (inclinaison). Consterné, mon ami ! Désolé !
Vraiment désespéré !... » Là, ça y est. Maintenant cava-
lons !...

La sortie de l'église. Ah ! Ça va mieux ! On respire, on
peut parler haut et puis on peut fumer. Les visages se sont
ensoleillés. On sourit et on se comprend à moins de demi-
mot.

— « Vous y allez ? — Impossible! Pensez donc ! il est déjà
près de deux heures et j'ai un rendez-vous ! — Jolie femme ? — « Non, un joli directeur. — Espèce d'inverti ! —
Hé ! Hé ! Un bon inverti en vaut deux ! — Je vous quitte !
tout ça va mal tourner !...

Le cortège se forme. Il est nombreux, distingué, grave et
même un peu ému. On parle à voix très basse d'abord, et
puis, quand on a choisi ses compagnons de route, les entre-
tiens s'animent et la bonne humeur, au bout de cent mètres, prépare à la gaîté. On se désigne le service d'honneur.

— « Regardez donc Pécal. C'est vrai qu'il est flappi ! Il a
l'air de suivre Boissort à la laisse ! — Et ce grand rapiat
de Buffir qui serre le coidon du poële comme ceux de sa
bourse !...

Alors sincèrement vous croyez que le discours de Lancrit sera intéressant ? — Mon cher, Lancrit ne parlerait pas
sur une tombe pour des prunes. S'il parle c'est qu'il a quelque chose de curieux à dire et, croyez-moi, on peut s'attendre à une jolie surprise.

— « Mais que prévoyez-vous ? — Ah ! ça je ne sais pas.
Seulement l'éloge de Boissort pourrait bien être dirigé
contre notre Pécal. — Allons donc ! — Ils sont brouillés
très fort ! Pécal a maltraité son jeune ami et le jour où l'on
enterre Boissort devant l'Académie elle-même, Lancrit est
fort capable d'enterrer Pécal comme dans un fauteuil ! —
Quelle idée ! — Qui mourra verra ! — Vous en avez de
gaies !

Déjà les allées se noircissaient d'arrivants. On accourait
se grouper autour du prêtre qui récitait de murmurantes
prières et la compagnie la plus littéraire faisait cercle autour de la dépouille de Boissort.

Larmier parla. Il retraça à grands traits la carrière du
maître défunt, du sociétaire dévoué et « je peux aussi le
dire, de l'ami ». Ce fut général et charmant.

Un silence se fit. Les regards se tournèrent vers Lancrit
qui, s'étant avancé, commença :

D'abord un sanglot lui interdit la parole. Puis le refoulant, il se mit à scander les périodes d'une chose très bien ma foi, et qui prenait en se déroulant une ampleur inattendue. Alors, les yeux droits sur Pécal de qui le congestionné visage semblait flamboyer du reflet de ses fours :

— On me permettra d'unir au nom de l'ami admiré qui s'en va, le nom d'un ami vénéré qui nous reste ! Le nom de Boissort appelle celui de Pécal. Ils se répondent comme l'écho répond à la voix. Représentants tous deux d'un art glorieux et auquel des formules nouvelles ont donné déjà le lustre et l'autorité des chefs-d'œuvre classiques, il semble que l'un ne pourrait survivre à l'autre si nous n'entourons celui qui demeure de tout le réconfort d'enthousiasme grâce auquel on supporte les épreuves de notre dur métier !...

De la surprise excita les regards. Était-ce l'emballement ou l'improvisation ? Mais cela devenait incontestable. Lancrit confondant les deux noms, enterrait en effet le survivant et ce fut avec une sorte d'épouvante religieuse que les auditeurs écoutèrent les dernières paroles :

— Vous qui fûtes pour moi le premier maître, celui qui le mieux m'enseigna les subtilités et me fit aimer les beautés de notre art, Pécal, mon cher Pécal, vous emportez dans le mystère de l'outre-tombe un souvenir d'admiration fervente ainsi que de reconnaissance profonde et c'est avec une douleur tremblante que je laisse tomber cette terre sur votre dépouille bien aimée. Adieu Pécal !... Adieu !...

Mais à ce moment là, Pécal lui ayant serré le bras, lui disait à l'oreille :

— Si nous n'étions pas au cimetière, je te f... mon pied quelque part '...

## XX

## Le ménage Lancrit

*La lune de miel ou l'insulte aux Pyramides*

— Ma chère petite Arlette, nous donnons, aujourd'hui, la dix-huitième représentation du *Ménage Lancrit.*

— Tu triches, Cricrit !

— Pas du tout ! Il y a exactement dix-huit jours qu'on était à Paris aux pieds des autels de Saint-Augustin et une heure que nous sommes à l'hôtel des pieds des Pyramides ! Dire qu'on est en Egypte ! Rigolo tout de même ! Moi il me semble qu'on est au music-hall qu'on entend une opérette et je verrais un Rhamsès en chemise dansant et chantant :

> J'aime ma momie, ô gué
> J'aime ma momie

que je n'en serais pas autrement étonné. Mais qu'aperçois-je ? La foule accourt de tous côtés, ma chère ! Voici les ânes et les âniers armés de bâtons. On n'attend plus que l'ordre du bâtonnier ! Et il faut que nous soyons aux Pyramides à trois heures au plus tard ! »

Arlette geignit :

— « Oh ! c'est que j'en ai une migraine !

— Prends du pyramidon.

— Oh ! que c'est bête de plaisanter comme ça !

— C'est vrai, ma chérie ! Je parle comme Pécal et je fais le parisien en voyage. Mais qu'est-ce que tu veux ? Je t'adore, tu m'adores, l'oiseau chante dans les bois, et je suis gai comme un pinçon !

— Aïe !

— Effaçons ce pinçon !

Mais, dès qu'il l'eut embrassée, elle posa son pointu museau de chatte rousse sur ses mains jointes, et, haussant les épaules :

— Je te dis que j'ai mal !...

— Eh bien ! repose-toi, ma petite enfant. Tu as grandement le temps, tu as au moins dix bonnes minutes ! Seulement n'oublie pas que nos amis du Savoy, le docteur Brawlett en tête, vont s'amener et que nous ne pouvons pas rater les Pyramides ! Tâche de garder un peu ton immobilité, moi je vais essayer de me faire une âme égyptienne et de me mettre en face de moi-même !...

Et, ouvrant la fenêtre, il se mit en face du Désert. Il alluma une pipe anglaise et cracha sans le vouloir sur une feuille d'hyérogliphes dont s'éventait un marchand de pantoufles qui l'insulta en arabe. Temps bleu et or. Un peu de poussière voltige, peut-être celle des âges. Là-bas, une chaîne de collines se soulève et ondule. Ce sont des chameaux, — et, là-haut que diable peut bien guetter sur l'immensité des sables en feu ce grand aigle suspendu comme un lustre et qui ne tient qu'à un fil ? Pas de doute, c'est une boîte de conserves.

Comme le désert, lui-même, Lancrit flambe à la pensée d'Arlette. Ah ! il ne croyait fichtre pas qu'il serait « chipé » de la sorte ! C'est qu'elle est affolante cette petite-là, si maniable et menue comme une princesse de boîte d'allumettes ! Et si fine, si rosse, si compliquée, si vibrante avec ses crispations japonaises aux phalanges, ses yeux verdissants et son sourire d'adorable mépris !

— Brawlett ! Brawlett !...

La cavalcade galopait en fantasia vers l'hôtel. Mais Arlette déclara : « Je suis trop malade ! Vas-y tout seul.

— Je t'en supplie !... Tu comprends, moi, je me fiche de l'Egypte, mais partir d'ici sans voir les Pyramides !...

— Je ne peux pas ! J'étouffe !

— C'est sérieux ? Oh alors !... Brawlett ! Brawlett !... Mon cher, cette enfant-là étouffe. Auscultez-la aussi convenablement qu'il vous sera possible.

La joue gauche du docteur s'appliqua sur le sein droit d'Arlette. Puis sa joue droite attaqua le sein gauche. Il fit en anglais quelques questions incomprises de Lancrit auxquelles la jeune femme répondit invariablement : « yes ». Alors, la joue gauche du docteur descendit, remonta, zigzagua et finalement s'étant fixée au dessous de l'estomac, Brawlett, l'oreille toujours collée au ventre, se mit à crier tout à coup :

— All right ! Very gut ! Hurrah for litle gentleman or litle lady ! Hurrah Polechenell !...

Lancrit lui empoigna le bras : « Hein ! Quoi ? Polichinelle ? »

— Yes, dans ce tiroar...

— Elle est enceinte ?

— Quatre mois. Plutôt plus que pas moins.

— Vous êtes fou ?

— Ho ! Ça est ! Gentleman danse gigue ! Compliments, cher ! Shake-hand ! Mais très bon Pyramides pour femme enceinte ! Vite ! Descendez ! On attend ! All right !

Lancrit ayant saisi Arlette par les bras, la secouait, lui soufflant au visage : « Ce n'est pas vrai peut-être ? »

Les yeux arrondis de surprise, elle protesta : « Si bien sûr !...

— Et tu oses ?...

Mais elle l'interrompit et, cette fois, de la stupeur plein la figure :

— Maman ne te l'a donc pas dit ?

Bras levés, poings fermés, il s'agitait comme s'il allait l'écraser, vociférant des : « Misérable ! », des « canaille ! », des « monstre ! », tandis que la cavalcade en bas réclamait : « Les Lancrit ! Les Lancrit ! » et que la jeune Arlette, comme excédée par l'incurable étourderie de sa famille, ne cessait, en balançant la tête, de répéter : « Oh ! c'est trop fort ! Ils n'en font jamais d'autres !...

— Et c'est ça que tu trouves ? Ça n'a pas plus d'importance ? Vous m'avez caché que vous aviez eu un amant et que vous allez avoir un enfant et ça vous paraît aussi simple que d'oublier son parapluie ! Eh bien ! non, je ne coupe pas dans cette histoire là et c'est toi qui est la coupable, c'est toi qui m'as roulé...

— Tais-toi ! commanda-t-elle debout et d'une voix de fifre qui eût perforé un cyclône. Est-ce que c'est de ma faute ? Je te défends de m'accuser ainsi et d'ailleurs c'est tout simple ! quand on est pratique, comme toi et qu'on se croit roulé, on dit : « Il n'y a rien de fait et on fiche le camp !...

— Rien de fait ? Et l'honneur ? Et l'amour ?...

— Oh ! quant à ça, Cri-crit !...

— Je vous défends !...

— Eh bien, monsieur Lancrit, quand on prétend aimer sa femme et qu'on la voit devant soi malheureuse et victime d'une faute qu'elle n'a pas commise, car moi j'aurais tout dit, on a autre chose pour elle que de sales injures !...

— Des caresses peut-être ? Eh bien non, ma petite ! C'est un compte à régler ça et je te promets que nous le réglerons !... Laissez-nous donc tranquilles, vous autres ! jeta-t-il par le fenêtre, à la bande joyeuse qui n'arrêtait pas de clamer : « Les Lancrit ! Les Lancrit ! »

Et il ajouta : « On n'y va pas, vous dis-je !

— « Comment on n'y va pas ? protesta Arlette. Vous tenez donc au scandale et que Brawlett lance le potin en rentrant à Paris ? Si vous y trouvez un avantage, et si vous croyez que ce sera pour vous une belle réclame !...

— C'est effroyable ! exhala Lancrit. Effroyable ! On n'a même pas le droit d'être seul en un pareil moment ! Et voilà un voyage gâté, perdu, fichu ! Et dire qu'il va falloir refaire la traversée dans cet état d'esprit ! Ah ! j'en ai plein le dos de l'Egypte ! Je l'ai en horreur ce salop de pays ! Et quant aux Pyramides, tenez, je les em...rrrrrrde !!!

Et allégé par l'envoi de cette suprême ordure, il se tourna vers Arlette qui mettait ses gants et prononça d'un ton de froide résolution : « Allons-y ».

## XXI

### Retour d'Égypte et des choses d'ici-bas

Ah ! Ça n'avait pas traîné ! Il n'avait pas fallu plus d'une heure aux Lancrit pour préparer leurs malles dès le retour de cette écœurante excursion aux Pyramides !

Oh ! oui écœurante ! Après dix-huit jours de mariage, dix-huit jours délirants d'amour, d'enthousiasme et d'espoir en la vie, apprendre tout-à-coup que sa jeune femme, sa femme de dix-huit jours est, ... à quoi bon les périphrases ? ... enceinte depuis quatre mois passés et de qui ? Peut-être d'un ami que l'on chérit, ou d'un ennemi que l'on hait car ces choses là peuvent être le fait d'un inconnu, mais jamais d'un indifférent !

Apprendre cela tout à coup et être obligé, sous peine de scandale de se mêler à une tapageuse troupe d'excursionnistes lâchés dans le désert ! Payer de sa personne, faire des mots drôles à cheval, à âne ou à dos de chameau, être complimenté par un Brawlett ivre sur une paternité refusée d'avance et contraint de souhaiter, en un joyeux toast, que la mère et l'enfant se portent bien, ah ! non, comme situation ça n'était réellement pas ordinaire, et Lancrit sentit fort bien que c'eut été de l'antique si ce n'était de « l'aujourd'hui » lui-même ! Evidemment parbleu !

C'est égal, se faire estamper de la sorte quand on s'appelle Lancrit, c'est raide ! Et ce toupet ! Cette sérénité ! Cette inconscience tour à tour rieuse ou indignée contre laquelle il avait senti qu'éclatait en mille morceaux ridicules, tout le vieux répertoire d'honneur outragé dont il s'était servi !

Sur le pont du paquebot qui les ramenait, étrangers l'un à l'autre et n'échangeant que de strictes paroles, il la regardait, n'en pouvant revenir. Vraiment, elle était inouïe ! Jamais elle n'avait eu un si radieux entrain ! Elle était la gaîté, le rire, la beauté et la parisienne élégante de ce petit monde cosmopolite et flottant.

Dès la cloche du départ, on l'avait remarquée, et tous s'étaient dit, chacun dans sa langue maternelle : « Voilà une petite femme grâce à laquelle on ne s'embêtera pas ! » On avait senti l'impulsion, la main, et que celle-là mènerait la vie de bord dans un mouvement fou comme elle menait les cotillons.

Un rêve cette traversée ! Ou plutôt une revue jouée par Arlette devant un public enthousiaste que ravissaient sa coquetterie, l'imprévu de ses quatre toilettes par jour et ses amusantes trouvailles de sports qui, l'après-midi, mettaient véritablement tout le monde sur le pont. Car c'étaient des jeux inattendus, des foot-ball enragés, des matches de gymnastique et jusqu'à des défis à la nage que Lancrit défendit à sa femme, lui disant d'une voix décisive : « Si vous n'avez pas conscience de votre situation, ayez au moins conscience de votre état ! »

Lancrit d'ailleurs s'embêtait à mourir. Refusant de se mêler à l'agitation organisée par Arlette, il sentait autour de lui bourdonner l'hostilité et le dénigrement. On le considérait sûrement comme un mari grognon, odieux peut-être. On plaignait une si jeune et si exquise femme d'être sous la domination de cette brute sournoise au sourire haineux et au regard cruel.

Ah ! ça oui, par exemple, qu'il en amassait du venin et ce qu'il la débarquerait lui-même, sa femme, à l'arrivée ! Heureusement encore quelc temps était beau ! Non qu'il craignait d'être malade. Mais la mer lui causait une peur invincible. « Le moindre vent qui d'aventure », etc..., ne lui soulevait pas le cœur, mais le faisait battre et l'affolait d'angoisse, car, avant ce voyage, ainsi qu'il l'avait avoué à Arlette en plaisantant, il n'avait ja, ja, jamais navigué !...

Or, comme il s'élançait hors du détroit de Messine, le bateau se mit tout à coup à danser sur le rythme d'une valse chaloupée jouée par un orchestre de violons éoliens dont les coups d'archet poussaient leurs plaintes jusqu'au mugissement. Un tremblement intérieur secoua Lancrit. Près de lui, Arlette s'écriait : « Chouette ! La tempête ! » Et, au balancement d'un rocking-chair, un jeune Américain qui buvait des sodas ne cessait de chantonner :

> En passant près de Messine
> Ça se dessine...

Idiot ! murmura Lancrit comme si ce blâme était de nature à lui concilier l'indulgence de l'atmosphère. Mais il ne voulait rien entendre, l'atmosphère, et, en quelques instants, cela devint la mêlée formidable des nuages dans le ciel, la ruée des vagues monstrueuses, bondissant par dessus le pont, l'engloutissement, la remontée et la replongée à pic dans l'abîme avec l'impression, une seconde éternelle, que jamais plus on n'en ressortirait.

Lancrit regardait Arlette qui riait de cette bousculade.

— Ne riez donc pas ainsi, ma chère, dit-il en se rapprochant. Je vous certifie qu'il y a du danger.

— J'adore ça, répondit-elle.

— Eh bien, pas moi ! C'est-à-dire qu'en présence d'un danger contre lequel je peux lutter, reprit-il, je n'éprouve pas la moindre crainte, mais devant des forces indomptables comme celles-là, j'avoue que je suis inquiet et j'ajoute même que ma sollicitude ne s'adresse pas à moi seul et que, malgré tout, je suis ému pour vous...

— Vrai ? fit-elle, surprise et un peu touchée.

Il était très pâle et d'une voix chancelante :

— « Oui. Qu'est-ce que vous voulez ? Je me dis qu'en présence de ce déchaînement effroyable, nos querelles sont bien peu de chose ! Les ressentiments les plus profonds se dissipent dans le péril commun, proféra-t-il en se cognant épouvantablement le nez contre le front d'Arlette. Ça devient terrifiant ! Ma parole le bateau va sombrer ! Et que diable deviendrai-je ? Et vous, ma chère Arlette ? Vous que j'aime quand même et que, chose terrible, je serais impuissant à sauver ?... »

— Oh ! moi, je ne crains rien ! s'écria-t-elle. Je tiens la mer !

— Vous n'avez donc pas peur ?

— Oh ! pas du tout ! Je nage comme un banc de sardines !

— Tant mieux pour vous ! répliqua Lancrit hors de soi. Mais moi je ne sais pas nager !...

— Alors comptez sur moi, dit-elle gentiment en lui serrant la main.

Très ému, les yeux en larmes, Lancrit murmura : « C'est bien, ce que vous avez dit ! C'est bien. »

Il lui tint les mains serrées, s'agriffant à ces petites et nerveuses phalanges de sauvetage et, sans plus prononcer une parole, il resta cramponné, frémissant et pourtant un peu plus rassuré.

La danse d'ailleurs s'apaisait. Ce n'étaient plus maintenant que les derniers soubresauts, l'agonie de la tempête.

Heureusement l'étreinte de Lancrit se desserrait et quand, vers les îles d'Hyères, le bateau fila dans un glissement rectiligne, il s'essuya le front et dit, en allumant un cigare : « Tout de même, on l'a échappé belle car à présent il n'y a plus rien à craindre ! »

— Je n'en retiens pas moins vos gentilles paroles, répondit-elle. Le danger nous a donc rapprochés ?

— En effet, déclara Lancrit.

Et souriant, et distillant ses mots, il ajouta :

— Mais maintenant, ma chère, le beau temps nous sépare.

## XXII

## La nature parle

Paris ! Ça y est ! Fini le cauchemar de ce voyage de noces ! Voici la gare ! Et la lune de miel, malgré son sexe, rentre au quartier, aigrie, sournoise et colère comme un mauvais soldat !

Paris ! Ah ! Ah ! On va rire nous deux ! Et, en attendant, Lancrit sourit à belles dents pointues. Paris c'est la revanche ! Il n'en a pas parlé mais il y a pensé toujours ! C'est la gifle souveraine en riposte à la potée de ridicule et de honte qu'on lui a renversée sur la nuque ! En moins de deux heures, il sera vengé et il aura nettoyé son mariage ! Quelle veine !

— Conduisez madame 140, avenue Kléber.

Et, après un large salut à l'auto qui démarrait dans la cour de la gare, Lancrit se retournant vers un watman de qui l'oreille s'offrait :

— Moi, je vais au Royalty, Champs-Elysées.

Le bain, le coiffeur, la toilette, tout cela fut hâtif. Une impatience qui s'exaspérait au plus léger retard rendait Lancrit fébrile, silencieux au dehors et hurlant au-dedans ! Voir les Blanck de l'Isère, ses effroyables beaux-parents, les tenir là devant lui, leur cracher au visage l'épouvantable bordée de fureur et d'outrage qui s'était amassée, amoncelée en lui !... Enfin ! Il n'était pas encore midi que sa voiture stoppait devant l'hôtel des Blanck.

Le coup de timbre fut si violent qu'un valet de chambre accourut, effaré, la sonnette encore grelottante.

— Monsieur, tout de suite...

— Mais Monsieur n'est pas là.

— Madame ?

— Madame non plus.

— Vous mentez. Où sont-ils ?

— A Buenos-Ayres.

— Vous êtes un drôle !

— Mais Monsieur doit savoir ! Madame et Monsieur ont reçu un câble, que je crois qu'on appelle, de Madame Lancrit et alors ils ont dit qu'ils partaient à Buenos-Ayres où ils seraient deux ou trois mois au plus.

Ils avaent été prévenus par Arlette et, tranquillement, ils avaient déguerpi. Deux ou trois mois absents ! Lancrit restait debout, répétant : « Oui... oui... oui... » C'était l'effondrement. Il fallait maintenant agir contre Arlette seule ! En tout cas, il ne pouvait rester plus longtemps devant ce valet de chambre à répéter : « Oui... oui... » Sa pensée exécuta un brusque rétablissement. Il dit : « Je reviendrai », et quelques minutes après, il entrait haletant dans le cabinet de Pécal. L'exclamation :

— Toi ?...

— Oui, moi qui suis à moitié fou !

— De joie ? De bonheur ? Sacré voyageur de noces ou noceur de voyage ! Dans mes bras, cher enfant !

— Ah ! oui pour m'y cacher ! Car vous avez devant vous un homme désemparé, qui ne sait plus que faire et qui vient vous demander un conseil décisif. Ecoutez. Je vais vous dire une chose horrible. Mais il le faut, car je n'ai confiance qu'en vous et mon salut dépend de votre inspiration.

Devant la stupeur croissante de Pécal, il confia sa mésaventure, se soulageant à ouvrir toutes grandes ses plus intimes écluses, à laisser échapper des flots de douleur, des cataractes de colère, d'écumantes rancunes, et des derniers mots de son récit faisant vers le maître qui l'écoutait la plus angoissée des interrogations.

Pécal frappa ses mains l'une contre l'autre, les disjoignit, et levant les bras, poings fermés à la hauteur du front :

— Que veux-tu que je te dise ? Moi, je ne sais pas ! C'est quelque chose de formidable, une de ces machines qui n'arrivent que dans les nouvelles en trois lignes où, en une seconde, une femme devient un petit tas de cendres pour avoir allumé une lampe à alcool. Moi, si ça m'était arrivé, j'aurais peut-être épargné la malheureuse. En tout cas,

.j'aurais écrabouillé mon beau-père et ma belle-mère de telle façon qu'ils n'auraient plus été des beaux-parents, je te le garantis ! Mais moi je suis vieux jeu et je n'ose vraiment pas te conseiller des massacres pareils !

— Impossible d'ailleurs. Ils ont fichu le camp !

— Alors quoi ? Savoir le nom de l'amant, le provoquer et encore ce serait embêtant d'attraper un coup d'épée ou une balle par-dessus le marché ! Autant vaut le suicide !

— Mais, mon ami, vous me proposez l'absurde et l'inutile ! Si je m'étais trouvé en présence des Blanck, je me serais livré sûrement aux dernières violences. Leur absence m'a fait renoncer à une fureur vaine et je voudrais maintenant une solution raisonnable qui sauvegardât ma dignité et ma situation.

— Le divorce ? proposa Pécal.

— Détestable ! riposta Lancrit. Demandé après vingt-cinq jours de mariage, on saura tout de suite pourquoi, et c'est, pour moi, le ridicule sur l'affiche, jusqu'à la fin de mes jours ! Vous ne voyez rien d'autre ?

— Rien !...

— J'aurais pourtant cru qu'un homme comme vous, habile à débrouiller les situations les plus difficiles !...

— Sans doute ! Eh bien ! sacrebleu, si ! Il y a quelque chose à faire. Tu es un garçon de sang-froid, clairvoyant, résolu. Donc ne bouge pas, mon vieux. A toi le sourire et garde jalousement, pieusement même le secret et ta femme !...

— Et qu'est-ce que j'en ferais ?

L'index frappant l'air, Pécal articula :

— Une pièce !

— Une pièce ?

— Oui, une pièce ! Si tu réfléchis une seconde, tu reconnaîtras que c'est la vraie solution et tu ne te révolteras pas contre le conseil d'un homme de cœur qui est, en même temps, un homme de métier.

— J'y avais déjà pensé, déclara Lancrit en s'asseyant.

— Et vois-tu un obstacle ?

— Pas le moindre, car c'est le conseil même que j'attendais de vous.

— Parbleu ! Il y a là un sujet superbe !

— Admirable ! s'exaltait Lancrit. Et même, j'ose le dire, malgré la cruauté des choses, il y aura des côtés amusants, tels que la soulographie permanente d'un médecin !

— Tu as donc pris des notes ?

— Heureusement ! C'est ce qui m'a sauvé ! Seulement, c'est tellement douloureux et récent que si nous faisons cette pièce, il faudra, mon maître, que vous l'écriviez d'un bout à l'autre, car je ne me sentirais pas capable d'en écrire un seul mot.

— Je m'en charge et je te garantis le succès avec la petite Frizal qui sera là-dedans la merveille elle-même !...

— Moi j'en verrais une autre bien plus finement rosse !

— Qui donc ?

— Ma femme.

— Hein ?

— Parfaitement ! Voyez-vous l'éclat de ce début ?

— Ah ! tu en as du ressort !

— Vous blaguez ?

— Oh ! pas du tout ! J'admire ! C'est toi qui as raison. Les grandes douleurs ne nous tuent pas, nous autres ! Elles nous font vivre ! Et, là-dessus, en scène pour le un !...


## XXIII


## Lancrit est dans une situation intéressante


— Mon cher maître ! Mon grand ami ! Mon cher patron ! C'est une chose admirable ! Étourdissante ! J'en ai le cœur en miettes ! Tenez, je suis en larmes ! Il faut que je vous embrasse !

Et Lancrit sauta dans les bras de Pécal qui venait de terminer la lecture de *Le Rédempteur*, pièce en trois actes que les deux amis avaient faite en collaboration.

— Alors, ça y est ?

— Si ça y est ? C'est-à-dire que c'est une œuvre colossale dans sa simplicité ! Et ce sera fracassant, vous entendez ! C'est le Bethléem moderne ! Cet enfant qui vient d'un amour antérieur au mariage ! Ignoré du père ! Abhorré du mari ! Redouté de la mère ! Qui reçoit dans la chair innocente toutes les griffes de la haine et, comme premiers baisers, des crachats de malédiction ! Ce nouveau-né de honte de qui la volonté se trempe dans la douleur et le mépris, qui se fait de l'amour avec l'exécration des autres, qui grandit quand tout s'écroule autour de lui et qui devient le rédempteur de ses bourreaux eux-mêmes ! C'est la beauté ! C'est la splendeur ! Mon cher, c'est la pièce annoncée, par les prophètes de la Critique ! C'est la pièce-Messie ! La pièce attendue !

— Tu crois ?

— Ah ! je vous en réponds ! Et puis ils l'attendront ! Ce serait trop simple de faire jouer un chef-d'œuvre aussitôt qu'il est fait ! Pour que le public l'écoute avec condescendance et du bout de l'oreille ? On te leur en collera d'emblée des chefs-d'œuvre comme *Le Rédempteur !* Ils l'attendront deux ans ! Ils l'attendront cinq ans ! Ils l'attendront vingt ans s'il le faut ! On leur en parlera chaque jour. On les rédemptorisera et rédempterrorisera jusqu'à ce qu'on ait affolé la nation toute entière et qu'on ait fait de la masse des snobs un peuple hurlant son enthousiasme pour notre chef-d'œuvre tellement qu'il ne pourra plus le « déshurler » quand il le connaîtra !

— Arrête-toi ! interrompit Pécal. Je connais ton lyrisme ! Quand tu sonnes la Savoyarde, c'est que tu veux faire une affaire et tu serais capable de fiche le *Rédempteur* en actions ou bien en loterie. Du calme et dis-moi sincèrement si la pièce te plaît.

— Beaucoup ! répondit Lancrit revenant à soi-même. Seulement, vous êtes terriblement partial le long du *Rédempteur* et vous esquintez un peu trop le mari qui est moi au bénéfice de ma femme qui est, je ne crains pas de le dire, la rosse la plus effroyable que j'aie jamais connue !...

— Mais pas du tout ! tu ne la connais pas, protesta Pécal. Voilà plus de trois mois que je la vois tous les jours, que je la prépare à son rôle où elle sera d'ailleurs extraordinaire et j'ai pu la juger, cette petite-là. S'il y a des torts dans votre ménage, ils ne viennent pas d'elle.

— Ah ! ça, c'est un peu fort ! Vous ne direz pas tout de même que c'est moi qui suis en état de grossesse ?

— Tu ne t'en crois pas moins dans une position intéressante. Eh bien, non !

— Eh bien ! moi, je la trouve excellente ! proclama Lancrit dont les doigts jouaient avec les papiers épars et, cueillant négligemment une enveloppe pneumatique qui baillait comme une ostende sur un banc de journaux, il expliqua :

— « Je suis ravi, patron ! Et je me félicite, car je ne, suis pas un type ordinaire, moi ! J'ai du plomb aux pattes. La vie peut jouer au foot-ball avec moi, je retombe toujours sur mes pointes et non sans élégance, avouez-le. Hein ? En auriez-vous fait, du raffut, vous, patron, s'il vous était arrivé le quart de mes malheurs ? demanda-t-il en retirant machinalement de l'enveloppe pneumatique un feuillet manuscrit. — « Moi, j'ai réglé notre affaire en cinq secs. Pas de scandale ! Séparation complète dans la plus irréprochable des cohabitations. Mépris réciproque à volonté, et liberté absolue pour chacun. Par conséquent, si je peux folâtrer au gré de mes désirs, elle, de son côté, à condition qu'il n'y ait point d'éclat, peut faire les quatre-cents coups que lui suggérera sa charmante nature, je m'en moque comme de l'an 40 et de colin-tampon ! Je suis, vis-à-vis d'elle, comme la jeune fille qui, avant la nuit de noces, murmure à son mari, vous savez, les deux vers :

> De tout ce qui m'attend par ma mère informée,
> Allez-y carrément, je suis chloroformée.

— Tu est cocuformé ! badina Pécal.

— Et par vous, sacrebleu ! exclama Lancrit, agitant le papier extrait de l'enveloppe.

— Comment ?

— Ce papier me l'apprend !

Et, lisant le billet : « *A ce soir, mon gros loup chéri. Mille* « *bécots pour le béquet du deux. Toute en amour pour toi* « *et en haine du dernier des Lancrit.. A.* »

— Et tu as eu le toupet ?...

— De vous chauffer le poulet sous vos yeux ? Je vous crois, et j'ai rudement bien fait, car si j'ai été près de vous une poire, je sais maintenant ce que vous êtes, vous, qui ne reculez pas devant une saleté, une infamie pareille ! Oui, monsieur, c'est une ignominie et une lâcheté que de trahir un ami comme vous le faites et d'ajouter aux chagrins qu'on lui connaît une douleur semblable !

— Tu n'as pas arrêté de me dire que tu t'en fichais comme de l'an quarante et de colin-tampon !

— En ce qui la concerne ! Et puis je le répète ! Mais

vous ! Vous qui étiez mon ami ! Mon collaborateur ! Mon patron !

— Pour être ton patron, je ne suis pas un saint ! Il ne fallait pas m'exposer à cette tentation avec cette enfant qui est tout à fait délicieuse, qui me faisait de pressantes avances tandis que tu avais l'air de me scriner : « Ne vous gênez donc pas. Elle n'est plus ma femme et qu'elle fasse donc les quatre-cents coups pourvu qu'il n'y ait pas de scandale ! » Et c'est toi qui le fais le scandale ! Soyons justes, bon Dieu et pas de cris surtout !

— Oh ! moi ça m'est éga', les cris. Je m'en bats l'œil de mon jeune ménage. Mais vous, ça vous embêterait ferme pour votre vieux ménage si je faisais lire ce bout de papier à Mme Pécal ? Eh bien ! non, je n'exercerai pas ce droit de légitime défense, ou plutôt je n'aurai pas à l'exercer car vous comprendrez vous-même que tout est fini entre nous comme amis et collaborateurs !...

— Comme amis, soit ! réclama Pécal, mais comme collaborateurs, j'ai écrit la pièce d'un bout à l'autre !...

— Et le sujet qui donc vous l'a donné ? interrompit Lancrit. Ah ! non, je vous en prie, n'insistez pas et ne chipotez pas, car si vous me poussiez à bout, je serais intraitable ! Mais j'ai encore trop d'estime pour vous et je veux être sûr, qu'après ce qui s'est passé, vous ne sauriez avoir l'indélicatesse de signer cette pièce et de toucher un centime des droits d'auteur qu'elle rapportera ! Je vous salue, monsieur...


## XXIV


### Lancrit s'enferme dans la tour du tapage


— Ma chère, écoutez bien ceci, déclara Lancrit. J'ai assez de Paris. J'ai assez du théâtre. J'ai assez des amis. J'ai assez de tout et, comme l'air dans lequel nous nous agitons malproprement me devient irrespirable, je fuis pour m'enfermer trois ans au moins au fond d'une solitude abso-

lue, vous entendez, absolue ! Donc, vous avez le choix :
partager mon exil ou sinon divorcer.

— Je divorce ! proclama Arlette, comme si elle criait au
secours.

— Parfait ! reprit Lancrit. Seulement il y a un cheveu.
Le ménage Pécal ne divorcera pas et votre mariage avec
cet homme illustre est dans le lac Majeur. Vous seriez
donc le laissé-pour-compte avec la vilaine aventure, tandis
que, ne nous aimant pas mais liés par l'intérêt mutuel, nous
pouvons être des associés charmants et, au bout de trois
ans de retraite, nous assurer le triomphe du « Rédempteur », le maximum de fortune et de gloire !

Arlette, haussant les épaules et secouant la tête à se
dépeigner comme Mlle Napierkowska, jeta dans un sourire : « Hé va donc, Rostand !... »

Lancrit releva : « Pourquoi pas, s'il vous plaît ? »

— Voyons, tu n'es pas fou ! Est-ce que tu lui ressem-
bles ? Il est le Poète, lui ! Il a fait « quelque chose ! » Il a
commencé par y aller de sa paire de chefs-d'œuvre. Tandis
que toi, Cricrit, je te demande un peu, qu'as-tu fait jusqu'ici ? Trois petites machines qui ont eu du succès, c'est
vrai, mais dont pas une n'est sûrement de toi, et parce
que tu irais t'enfermer dans la tour du silence avec une
pièce qui n'est pas tienne, une femme qui n'est pas tienne
et un enfant qui n'est pas tien, tu crois affoler l'opinion ?
Mais, en huit jours, on t'aurait oublié !

— M'oublier, moi ? Ah ! ma petite, tu ne me connais pas !
J'ai pris mes précautions !

— Comment ?

— Finis les vieux moyens, l'intrigue, les relations, le pe-
lotage des gens arrivés, les femmes. On va moins dans le
monde. Les jours raccourcissent dans les salons. Regarde
les cartes. Le premier lundi ou le troisième mardi. Ce sera
bientôt la semaine des quatre jeudis. On se terre et les absents ont raison, car la solitude, voilà l'avenir ! L'invisibi-
lité, voilà le succès. Seulement, il faut se dépêcher parce
que ça commence à se savoir et, d'ici quelque temps, il y
aura une telle poussée d'artistes vers les endroits
les plus ignorés qu'ils finiront par rendre le Désert
inhabitable ! Ainsi donc grouillons-nous. J'ai tout arrangé.
L'opinion n'attend que notre fuite pour s'émouvoir et en
venir à de vraies convulsions ! Par conséquent, en route !...

— Ah ! ça c'est autre chose ! murmura Arlette conquise.

Et comprenant que Lancrit voulait, en réalité, s'enfermer dans la tour du tapage, elle ajouta de sa petite voix décidée : « J'en suis. »

Huit jours après leur départ, un article sensationnel posait la question. *Comœdia* demandait : « Où est Robert Lancrit ? »

Ce fut l'allumette. La curiosité prit feu et, de tous côtés, comme des étincelles, surgirent les potins. Les beaux-parents étant absents et le concierge des Lancrit affectant l'ignorance, toutes les suppositions furent examinées. On parla de surmenage, de dépression. Une double aventure d'amour obtint quelque crédit. Un jeune homme qui débutait dans le reportage ne craignit pas d'avancer que Lancrit « s'était fait prêtre » tandis que sa femme « se faisait religieuse » et un autre, pour mettre les choses au point, affirmait que cette absence prétendue mystérieuse s'expliquait simplement par un voyage aux Indes quand, tout à coup, un journal du matin publia une lettre ayant comme signature, le nom du disparu.

Lancrit se déclarait incommodé jusqu'à la fureur par le vacarme que déchaînait son volontaire exil. Pour ne pas égarer plus longtemps l'opinion, il voulait bien révéler qu'avec sa femme, dans le désir d'un plein recueillement, il s'était retiré au fond de la province. Il se consacrait là au travail de sa pièce *Le Rédempteur*, œuvre de toute sa vie, et il demandait, il suppliait, au besoin même il commandait qu'on le laissât tranquille.

Alors, de toutes parts, et sans interruption, l'indiscrétion jaillit. Il fut bientôt avéré que ce fond de province était un îlot de Bretagne. Des photographies apparurent. La maison de Lancrit était bien en effet une tour isolée, ancien phare, ancien fort avec un air de Napoléon à Sainte-Hélène, sur une pointe de roc et défiant les flots. Cela fit un effet immédiat, colossal. Pourquoi ? Certains êtres attirent. Il y a des hommes à foules comme il y a des hommes à femmes. Plus le mystère s'amoncelait autour de la maison que Lancrit appelait modestement « Le Phare », plus on voulait savoir. On apprit qu'une fête délicieusement intime avait eu lieu pour célébrer le baptême du jeune Lancrit. On s'effraya au récit d'un naufrage dans lequel le ménage avait failli sombrer. On s'enthousiasma d'un sauvetage que l'auteur avait

lui-même dirigé au péril de sa vie. Des caravanes parisiennes s'organisèrent et une flotte internationa'e débarqua
régulièrement des paquets de visiteurs qui envahissaient
*Le Phare* en dépit des protestations courtoises mais caté-
goriques exprimées par Lancrit.

Presque seul, Pécal ne cessait de répéter : « C'est du
bluff ! C'est un bluff formidable ! Il ne voulait qu'une chose
c'est qu'on le relançât ! »

— Permettez, protesta quelqu'un. Moi j'en reviens du
Phare et il s'est passé un fait qui atteste son horreur pour
la publicité. C'est pas plus tard qu'hier soir avant dîner
que la chose a eu lieu. Lancrit travaillait quand il s'aper-
çut que trois reporters armés d'objectifs et munis de car-
nets...

— Couleur muraille ?

— ... essayaient d'entrer dans la maison. Lancrit ne fit
ni une ni deux. Se penchant à la fenêtre : « Messieurs, leur
cria-t-il, éloignez-vous immédiatement. » Silence et immobilité. — « Messieurs, je vous préviens que je suis décidé
à défendre ma demeure... » Impassibilité. Exaspéré, il me-
naça : « Messieurs, pour la dernière fois, éloignez-vous ou
sinon... » Et, comme au lieu de s'éloigner, ils se dirigeaient
vers une porte basse. Lancrit hors de soi saisit son revolver et fit feu, prêt à recommencer en visant cette fois, si
la détonation n'eût, pour un moment, découragé la troupe.

Vous pensez quel émoi ! Mais Lancrit déclarait :

— Eh bien oui j'ai tiré et s'il le faut, je recommencerai.
Je défendrai par tous les moyens ma chère solitude car
j'entends vivre loin de tout et de tous, comme je vis à présent, c'est-à-dire n'admettant auprès de moi que mon œuvre, ma femme et mon petit enfant et, en dehors d'eux trois,
seul, absolument seul !...

— Il a dit ça ?

— Ma parole d'honneur ! Et d'ailleurs c'est bien simple !
Il y avait, à ce moment là, vingt personnes qui dînaient à sa
table !...

## XXV

## Lancrit brûle ses... bateaux

— Même une inondation à la longue, ça devient em...
bêtant !... déclara Lancrit en jetant sur la table son journal qui tomba en forme de tunnel sous lequel une chatte
noire passa.

Arlette haussa les épaules.

— Dieu que tu es grossier !

— C'est vrai, ça ! Nous ne l'entendons pas parce que, nous
sommes à cent lieues de Paris, mais on ne s'y occupe que
de sauvetages, de misère publique, d'excavations et de cre-
vaisons d'égouts. Il est vraiment temps que la pensée se
relève et qu'à la fin l'on parle d'autre chose !...

— Du *Rédempteur* ?

— Sans doute.

— Ça y est ! L'inondation t'embête à cause du tapage.
Tu admets *Le Rédempteur*, mais tu ne supportes pas cette
crue de la Seine !

— L'inondation ? Veux-tu que je te dise ? Elle n'en a
pas pour huit jours d'actualité dans ses caves. L'inondation, ça coule et ça s'écoule, tandis que le *Rédempteur*, ça
surnage et survit ! C'est d'ailleurs explicable, l'une étant
simplement un phénomène physique, l'autre l'œuvre de la
pensée !

— Penses-tu !...

— Ta blague n'y fait rien, ma petite. Mon œuvre est au-
dessus du sourire !...

— Cricrit, tu parles comme ne parlerait pas un véritable
artiste.

— Pourquoi ?

— Parce que ta pièce étant prête, tu ne la donnes pas.
Or, les vrais artistes ne le font pas exprès quand ils se font
attendre !

— Eh bien, moi j'ai cet avantage sur eux que je le fais exprès ! Si c'est involontairement de leur part le « lanternage », c'est aveu d'impuissance. Si c'est volontaire de ma part c'est témoignage de puissance et, en plus, preuve de savoir-faire ! Et ça me réussit, puisque j'ai fichu à Paris comme une rage de dents, que les directeurs de théâtre s'arrachaient le spectre de ma pièce et que nous sommes là tous deux à guetter, de notre phare, l'arrivée de Brouart, le plus important et le plus offrant de tous, à qui je vais enfin lire le précieux manuscrit !...

— Il va même arriver...

— Crois-tu donc que je l'aurais emballé de la sorte si, d'emblée, je lui avais lu le *Rédempteur* comme on fait pour les autres ouvrages ? Une pièce encore injouée, dont personne ne parle et que, seul, un directeur apprécie, est-ce que cela existe ? Tandis qu'une pièce que personne ne connaît et dont tout le monde parle avec des fureurs d'enthousiasme, le voilà le chef-d'œuvre !

— Oui, je ne te dis pas. Mais je crains que *Chantecler* te trouble la cervelle ! C'est l'œuvre d'un poète qui, sans souci de l'opinion, a pris son temps pour donner à son idéal une vie véritable. Or, toi, c'est autre chose ! Tu ne cherches qu'à donner au public des attaques de nerfs. Tu veux dégoter ou « désergoter » le coq ! Tu avais fait un drame remarquable. Pécal l'avait pensé longuement. Il l'avait soigneusement écrit. Donc, tu étais tranquille ! Et voilà que, pour épater, tu as tout chambardé ! De ce *Rédempteur* qui était un enfant, un enfant naturel, tu fais maintenant un enfant qui est surnaturel, un Dieu, le Christ lui-même. Et il te faut un acteur qui puisse au premier acte se rapetisser suffisamment pour entrer dans la crèche, cependant qu'au dernier acte il acquerra la taille d'un homme ayant trente-trois ans au moins ! Alors quoi, le Rédempteur caoutchouc, encerclé de boas élastiques comme le pneu Clampin ? Tu n'espères pas, je pense, que Guitry jouera un pareil personnage ? Et quant à moi, j'avais un rôle de simple femme adultère qui m'allait comme un gant, et me voilà maintenant Magdeleine elle-même !

— Plains-toi, tu montes en grade !

— Oh ! je ne me plains pas ! J'ai confiance en ton bluff, sans quoi je ne moisirais pas ici, je te prie de le croire Enfin la question n'est pas là. Il s'agit d'autre chose. Brouart va-t-il marcher ?

— Comme un petit lion ! D'ailleurs je lui réserve une de
ces surprises !...

— Oui, mais les spectateurs ?

— Ils sont trop engagés !

— Tu crois qu'i's marcheront ?

— Au grand galop, Arlette !

— Je le souhaite, Cricrit !...

— C'est couru !

Tout-à-coup, sautant sur sa chaise, elle s'écria :

— Le bateau !

— Mon manuscrit ? interrogea Lancrit.

— Non ! le bateau de Brouart !

— Ah bien ! C'est que je suis habitué à  tes  plaisanteries !...

— Regarde-le donc ! Il nous fait des signes ! Ouvre la fenêtre ! Agitons nos mouchoirs !...

— Pas du tout ! signifia Lancrit. Soyons au contraire tout-
à-fait réservés. De la cordialité mais pas  de  bonhomie !
Maintenons les distances et gagnons même du  terrain si
cela est possible !

La porte s'ouvrit en un fracas jovial et Brouart, la figure
enflammée de joie comme un lampion de fête nationale, entra, bras ouverts et criant : « Mes amis ! Mes  enfants !
« Quel bonheur ! Vous me sauvez la vie ! Je ne comptais
« plus que sur le *Rédempteur* et vous me le donnez ! Mon
« cher ermite, mon cher solitaire de génie ! Mon cher grand
« maître ! Comment vous appeler ? »

— Attendez que j'aie lu, répondit Lancrit posément. Vous
me donnerez ensuite le nom dont vous me croirez digne.

— Alors lisons ! Car je ne dispose hélas que  de  trois
heures. Il faut que je rentre aussitôt à Paris. Et puis je ne
vous cacherai pas que je meurs d'impatience !...

— *Le Rédempteur*, drame divin en trois actes, annonça
Lancrit.

Puis, tandis qu'en face de lui s'étalait Brouart déjà la
bouche grave, l'oreille frémissante et les semelles offertes
à un fou farceur qui gigotait sur un amas de bûches, l'auteur se mit à lire.

Il ne s'était pas trompé. Dès les premières scènes, l'enthousiasme naissait. A la fin du premier acte, Brouart debout boxait avec des adjectifs délirants et soulevait de ses
deux bras les plus énormes épithètes de l'admiration. A la
fin du deux, il embrassait Lancrit en pleurant et, la lec-

ture terminée, il ne pouvait plus, le visage congestionné et les lèvres tremblantes, que prononcer les paroles : « C'est beau ! beau ! beau ! C'est plus beau que le beau !... »

— Vous trouvez ? interrogea l'auteur.

— Inexprimable.

— Inouï ! renchérit Arlette.

— Eh bien, moi, affirma Lancrit d'une voix grave et résolue, j'ai le regret de vous déclarer que je trouve cela parfaitement idiot ! Aussi vais-je vous faire voir comme un véritable artiste traite son œuvre quand il juge que, de sa part, elle n'est qu'une erreur !...

Et, d'un trait, déchirant ses trois actes, brusquement, il les jetait au feu.

Ensemble, le directeur et Arlette avaient bondi, lui, empoignant la flamme et se brûlant affreusement les doigts ; elle, attaquant le foyer à grands coups de pincettes, mais n'obtenant qu'un pétillement noir. Puis, tous les deux se dressèrent, Arlette redressant Brouart, Brouart secouant Lancrit, en lui hurlant à la face : « Vous êtes un misérable ! Un être abject ! Vous ruinez ma maison ! Vous êtes un gredin ! Une atroce crapule !... »

— Je suis un artiste, monsieur, et je vous somme de me f... le camp !

— Je le f..., monsieur, mais vous aurez de mes nouvelles et cela sans tarder !...

Et, tandis qu'ayant regagné sa barque, Brouart lançait des « crapules ! » au large, Arlette assaillit son mari, lui criant déjà d'effroyables injures : « Tu n'es qu'un saligaud ! un cocu !... », lorsque Lancrit lui serrant le bras de toutes ses forces lui dit d'une voix basse :

— Ne crie donc pas comme ça, idiote ! J'en ai une copie !

## XXVI

## Le « tout à l'échelle »

Le jour même de la répétition générale du *Rédempteur*, fut publié dans les journaux du matin et placardé dans les couloirs du théâtre, l'avis suivant :

« *MM. les spectateurs désireux de voir sur la scène des* « *personnages et des accessoires de taille à peu près ordi-* « *naire sont expressément invités à regarder le spectacle* « *non comme ils en ont l'habitude, mais par le gros bout de* « *la lorgnette.* »

Eh quoi ! c'était donc vrai ? Le *Rédempteur* allait être joué ! Ce ne fut pas sans peine que, même, en palpant leurs coupons d'entrée, les invités échangèrent leur stéréotypé sourire, d'incrédulité contre le sourire de : « Garde à vous ! » qui est le complément de l'habit dans ces soirs de gala.

Mais, bon Dieu, que s'était-il passé pour que l'on eût surmonté tant de difficultés ? C'était pourtant bien simple. Apprenant que *Chantecler* allait décidément être mis à l'étude, Brouant, trois jours après qu'il avait vu flamber rageusement le manuscrit du *Rédempteur*, expédiait à Lancrit ce télégramme éperdu : « *Chantecler* entre en répéti- « tions dans un mois au plus tard. Il y va de ma vie de « directeur et de votre carrière d'auteur que nous passions « avant. Vous en supplie, arrivez et apportez la copie de « réserve qui a dû vous permettre de brûler le manuscrit « que vous nous avez lu. »

— « Je n'avais ni notes ni copie de réserve, monsieur, « quand j'ai brûlé ma pièce, répondit Lancrit. Mais, au « reçu de votre dépêche, je me suis mis à l'œuvre et, en « une seule nuit, j'ai récrit le *Rédempteur* en entier. Serai

« après demain au théâtre. Convoquez les artistes et, aus-
« sitôt après la lecture, au travail !... »

C'était facile à dire ! Nul ouvrage dramatique n'avait, jusqu'à ce jour, opposé à la mise en scène de si insolubles
problèmes ! Lancrit ayant évoqué la vie de Jésus-Christ depuis sa naissance jusqu'à sa mort et faisant, dès la crèche,
proférer à son divin héros des paroles au-dessus de tout
âge, fallait-il, dans l'étable de Bethléem, présenter l'homme-
dieu sous les apparences d'un tout petit enfant ? Mais quel
petit enfant, âgé de tout au plus trois heures, eût-on pu
trouver en état de dire convenablement le monologue de
cent cinquante lignes par lesquelles il annonçait au monde
sa naissance ? Alors quoi ? Le poupard dont le ridicule
mécanisme eût été infailliblement découvert même à l'œil
nu ? On ne pouvait songer non plus à obtenir d'un artiste
une telle réduction de taille, même au prix du plus périlleux effort de compression.

— Alors tout à l'échelle ! décréta Lancrit.

Et aussitôt *Le Rédempteur* se haussa jusqu'à l'aspect
grandiose qui justifia son sous-titre de drame surhumain.

Le décor du premier acte figure l'étable de Bethléem re-
constituée d'après les documents les plus authentiques et
proportionnée par le décorateur aux besoins de l'action.
Cette pauvre étable mesure exactement une largeur de dix-
huit mètres, une profondeur de onze mètres et sa misérable toiture de chaume recouvre son intimité rustique à
quinze mètres de hauteur. Sur une litière dont chaque brin
de paille a le calibre moyen d'une conduite de gaz, repose
un enfant Jésus d'un mètre quatre-vingt-douze, tendrement
veillé par une Vierge Marie de trois mètres quarante et un
saint Joseph ayant onze pieds de haut, cependant que, sur
les joues du divin nouveau-né, un bœuf incalculable pro-
mène, en caresse réchauffante, une langue de deux mètres
en grande largeur et qu'un âne terrifiant projette, par le
simple jeu de la respiration, une colonne de fumée qui obs-
curcirait une route à cinquante pas devant lui.

Le premier acte a été très goûté bien qu'il ait paru un
peu mièvre, non certes par le volume des êtres qui s'y ma-
nifestent et des objets qui s'y complaisent, mais par la min-
ceur de l'action. Elle consiste toute en une suite de vagisse-
ments préliminaires desquels l'enfant divin extrait avec une
voix de basse inattendue un Noël vraiment beau et que l'on
eût même jugé un peu plus qu'admirable si l'on ne s'était

aperçu que l'auteur s'était froidement incarné dans la personne du Christ. Cette substitution, tout au moins sacrilège a déplu et, dès cet instant, attiré une défaveur excessive, disons-le, sur la suite de l'œuvre.

Le deuxième acte qui comprend la multiplication des pains, la pêche miraculeuse, les noces de Cana et le repas de l'agneau pascal a, dès le début, déconcerté le public par un ton de modernisme que rien ne pouvait faire prévoir, même la préparation du Nouveau-Testament.

Aussi cette surprise a-t-elle déchaîné les mots dans les couloirs. Et quels mots ! On disait du personnage de Jésus-Christ, si terriblement grandi depuis la crèche : « Ce n'est plus le divin maître, mais c'est le décamètre ! « On trouvait quelque peu pénible et même profanant, la gaîté de Jésus fâcheusement représenté comme le boute-en-train des Noces de Cana et, quand, au festin de Pâques, on le vit se servir la totale épaule d'un agneau pascal plus énorme qu'un cheval de labour, un revuiste ne manqua de dire que : « le Saint Esprit en lui emportait le morceau » tandis qu'un vaudevilliste excédé de symbole déclarait : « C'est si embêtant qu'on bâille à trois, six, neuf ! »

Le troisième acte n'était pas de force à relever la pièce. Ah ! fichtre non ! Les joyeusetés départementales que l'auteur avait fait si cocassement s'épanouir dans les suaves ensoleillements de Galilée avaient disparu pour faire place à un paysage de mélo et aux personnages d'un ambigu géant.

C'est le jugement du Christ durant lequel, il faut le dire, des incidents involontairement comiques ont compromis le succès de passages pourtant remarquables et qui méritaient d'être gravement écoutés. Ce fut surtout la scène chez Pilate qui porta le premier coup au dramatique de la situation. Le couplet du fléchissant gouverneur, du gouverneur roseau, comme le nommait l'auteur, allait être applaudi quand, Pilate ayant demandé à se laver les mains, six hommes écrasés sous le fardeau, lui apportèrent une cuve pour procéder à cette simple ablution !

On pense, dès lors quelle destinée d'allégresse obtint sainte Véronique quand elle tenta d'essuyer la sainte face du Christ avec un drap de lit et quand Simon le Cyrénéen voulut essayer le tour de force de soulever une croix de trois cent vingt kilos.

Et ce fut une telle déroute qu'au lieu de murmurer, avant

de mourir, le fameux : « Eli ! Eli ! lama sabachtani ! » l'artiste aurait, paraît-il, susurré cette phrase : « Lancrit ! Lancrit ! Ça n'est pas la bataille d'Hernani ! »...

Consterné d'abord puis furieux, Lancrit arpentait solitaire encore plus qu'au Phare, le cabinet directorial. —
« Ça y est, cria-t-il à Pécal seul accouru vers lui. J'en étais
sûr ! C'est Arlette qui a fichu la pièce par terre ! »

— Une pièce de dix-huit mètres de large sur quinze mètres de haut ? Mais jamais de la vie ! C'est toi, mon vieux !
Tu avais là trois actes convenables, que j'avais fait avec le
plus grand soin et tu vas y fourrer trois cents mètres car-
rés de tirades avec des badinages dont on ne voudrait pas
dans un beuglant de sous-préfecture !...

— Je voulais faire une œuvre originale et qui fut bien à
moi. Mais c'est bien la dernière fois, je vous le garantis !
Seulement, à présent, je ne sais plus que faire !

— Un vaudeville... hasarda Pécal.

Il y eut un silence. Puis, en grignotant ses ongles, Lancrit demanda :

— Vous avez une idée ?...


## XXVII


## Lancrit décide de devenir un « Foursman »


Il n'y avait pas de doute possible. C'était un four. Et pas
un four ordinairement noir, un four gigantesque, un four à
l'échelle ainsi que les personnages du *Rédempteur*, un four
béant, sismique presque, et propageant dans l'opinion des
secousses ondulatoires et sussultoires, un four mondial.

La consternation de Brouart faisait peine à contempler.
Comme, publiquement, il était dans l'obligation de simuler
une confiance enthousiaste et une joie délirante de peur
qu'une soudaine panique vidât les salles mêmes louées
d'avance, il manquait de texte quand il se trouvait seul à

seul avec Lancrit pour exprimer sa désolation telle qu'il l'éprouvait.

D'habitude, il attaquait ses tempes à coups de poing et, après un roulement de jurons enchaînant des noms de Dieu qui bondissaient en farandole, il exhalait cette plainte finale : « J'en étais sûr ! Je l'avais toujours dit ! »

Cette imposture rendait à Lancrit toute son assurance.

— Vous en avez du culot ! protestait-il. Vous osez dire que vous avez prévu l'insuccès quand vous me déclariez, ces jours derniers encore, que vous joueriez quatre ans le *Rédempteur* !

— Moi ? Moi ? Moi ? Moi ?...

La colère lui précipitait une si violente bousculade de mots dans la gorge que celle-ci s'obstruait. Un serpent vert sifflait le long du mur. Il empoignait ardemment, collait ses lèvres sur l'embouchure, murmurait : « Combien ? » La réponse obtenue, il lâchait le serpent, et, renversé au dossier du fauteuil, il faisait entendre le gémissement d'un contrevent qui tourne sur des gonds rouillés cependant qu'un tapeur survenu demandait si : « Quand le succès serait épuisé, vers la trois-centième, on pourrait avoir deux bons fauteuils, tout près d'une sortie. »

Lancrit aimait mieux s'en aller. Non qu'l fût le moins du monde affligé ! Au contraire ! Il faisait en dedans de soi-même de si folles culbutes qu'il craignait que Brouart s'en apercevant se portât fâcheusement à quelque extrémité.

Sincèrement l'auteur du *Rédempteur* était ravi. Une seule inquiétude retenait sa joie. Devant l'évidence et l'énormité du désastre, Arlette allait-elle le lâcher ? Ce n'était certes pas qu'il se sentît pour elle un attachement même simplement amical, mais ce lâchage immédiat c'était la chute instantanée de la pièce et quelque chose de beaucoup plus grave, la suppression subite du crédit social et matériel qui était, en ce moment, son unique soutien.

Les Blanck de l'Isère ne dissimulaient pas leur hostilité. Ils avaient d'abord exalté le *Rédempteur* comme un absolu chef-d'œuvre, mais, le soir même de la répétition générale, ils soupiraient que c'était déplorable et qu'ils étaient bien à plaindre. Blanck affirmait à des intimes avoir dit à son gendre que ce sujet ne tenait pas debout et que, d'ailleurs, avec Jésus-Christ il n'y avait rien à faire.

Arlette se taisait. Mais ce silence était-il sympathique ?

Il exprimait un débat intime et l'imminence d'une résolution.

Lancrit feuilletait des coupures de presse.

Deux légers coups frappés à sa porte et, par l'entrebaillement, le museau d'Arlette avança :

— On peut entrer ?...

— Mais bien sûr !...

Tout de suite, à son air gentil et à sa façon de s'asseoir tout près en butinant, du bout des doigts, les bibelots de la table comme la petite amie du travail quotidien, il comprit que c'étaient la rosserie préliminaire et le congé final.

— Eh bien voilà, fit-elle, je voudrais qu'on causât nous deux.

— Causassons, répondit-il avec un faux sourire.

— N'est-ce pas, il n'y a pas à se dorer les choses. *Le Rédempteur* est un four effroyable. Tu en conviens toi-même, et tu sens très bien qu'il n'y a rien à faire pour remédier à cette catastrophe. Note bien que si je te dis tout cela ce n'est pas pour t'être désagréable ni me venger le moins du monde des scènes pénibles que j'ai eu à subir. Seulement ne pouvant plus être utile à la pièce et n'étant liés tous deux que par des intérêts, je viens te demander ma liberté et que tu tiennes ta promesse de faciliter notre divorce dans le délai le plus bref.

Elle savait bien que cette signification ne lui pouvait être que fort cruelle et elle épiait sur les joues, les lèvres et les yeux de Lancrit, le tressaillement qu'y devait provoquer le coup d'ongle si joliment piqué par chacun de ses mots. Mais il fut impassible et même gardant son sourire qui se faisait supérieur à force d'indulgence :

— Je te comprends si bien, répliqua-t-il, que j'allais, si tu n'étais venue, précéder ta démarche. Donc tu peux être tranquille. Tu as vaillamment défendu ma pièce. Ma reconnaissance et mon amitié, j'ose le dire, te sont plus que jamais acquises. Par conséquent, va, va-t-en au plus vite. Rentre dans ta famille, et sois bien sûre qu'avant trois mois nous serons divorcés.

C'était si simple qu'elle se sentit un peu interloquée.

— Je te remercie bien, répondit-elle.

— Il n'y a pas de quoi ! protesta-t-il.

— Si, parce qu'enfin tu n'es pas pour le moment dans une situation précisément heureuse, mais je sais bien qu'un jour ou l'autre tu t'en relèveras !...

— M'en relever ! s'écria Lancrit comme si, effectivement, il relevait une injure. Mais jamais de la vie ! Je ne veux pas me relever du tout. Je tiens un four immense, formidable ! J'ai cette chance inouïe de faire le maximum de ce qu'on appelle stupidement l'échec et tu crois que j'abandonnerai ça ! Mais c'est là qu'est le succès ! Le succès ce n'est pas l'enthousiasme ! Ce n'est pas l'approbation ni l'applaudissement. Le succès c'est le bruit ! Succès avant la pièce, four pendant la pièce, tapage après la pièce, voilà la vraie formule !...

— Pourtant, objecta-t-elle, si *le Rédempteur* avait triomphé ?...

— Il brisait ma carrière ! reprit-il comme avec l'épouvante de cette victoire possible. Qu'aurais-je fait ensuite ? J'étais obligé de me surpasser ! On attendait de moi l'ascension des chefs-d'œuvre tandis qu'à présent, qu'est-ce que l'on me demande ? Des fours, encore des fours, plus que jamais des fours ! Et je leur en fourrerai ! Je les enfournerai ! Je serai le boulanger du théâtre moderne ! Je ne travaillerai plus qu'au four le four ! Je serai le foursman et, en attendant les prochaines défaites, le four du *Rédempteur* m'aura rapporté un peu plus d'un million !...

— Pas possible ! exclama-t-elle rêveuse et dans l'admiration.

— Comme je te dis ! J'aurais voulu t'engager en cette nouvelle carrière. Mais je comprends très bien que tu sois effrayée. Quant à moi, ma résolution est bien prise. Je considère l'auteur à succès comme un auteur fini. Il n'y a d'avenir que pour l'auteur à four. Aussi, je te le répète, trois fours encore ameutant l'opinion comme mon cher four du *Rédempteur*, et je te garantis que c'est pour moi, l'Académie, la gloire, peut-être le milliard et que, si tu me survis, tu verras tout Paris me faire la haie tandis que je m'en irai au petit pas vers le Panthéon et dans le corbillard des pauvres, tu ne peux en douter !...

Elle fut un instant recueillie comme si elle calculait intérieurement. Puis souriant et haussant les épaules, séduite par ce bluff, elle dit avec une gentillesse enchantée :

— Je reste pour voir ça !...

## XXVIII

## Jeux de mots, traits d'esprit, coq-à-l'âne, devinettes, quiproquos, à peu près, brocarts et calembours, ou de quoi rire et s'amuser en société.

Trois jours après la première du *Rédempteur*, Lancrit, vers deux heures de l'après-midi, sonna chez Pécal.

Un bref colloque avait, quelques minutes, remis en contact les deux amis, le soir de la générale, après la chute du rideau et de la pièce. Mais ni l'un ni l'autre, en dépit d'une extrême chaleur de parole, ne s'était départi d'une froideur foncière pas plus que des généralités rossardes qui s'imposent, un soir de générale.

Au toc toc de la porte, Pécal qui travaillait en attendant son secrétaire, chanta sans se retourner :

> Entrez dans cette auberge
> Vénérable vieillard !
> D'un pot de bière fraîche
> Vous prendrez votre part !
> Nous vous régalerons...

Au silence, il flaira l'inconnu et, virant sur son fauteuil :

— Ah, bougre ! s'écria-t-il devant le survenu vêtu de noir, c'est toi ? Et quel bon vent ?...

— Vent debout ! Vent de bouc ! Vent d'ange ! Vent de fange ! Vendémiaire ! Vendredi ! Ventripotent ! Ventricule ! Ventre de biche et ventrebleu !...

Tout cela jaillit des lèvres glacées de Lancrit et se déroula d'un train devant la stupeur de Pécal.

— Qu'est-ce que tu as ?

— Jean son porc tua, sel n'y mit, ver s'y mit, lard gâta.

— Ah ça, mais tu es fou ?

Et, entr'ouvrant un tiroir de sa table, le patron s'assura que son revolver était bien toujours à portée de sa main.

Lascrit sourit. Oh ! pas joyeusement, mais plutôt grisement, en « gris souris », eût-il dit volontiers.

— Non je ne suis pas fou, ami, déclara-t-il. Je suis sinon électrocuté du moins interloqué car, je dois bien l'avouer, une partie du *Rédempteur* n'a pas été comprise. On n'a pas paru s'expliquer, que dans une forme symboliquement paradoxale, et volontairement anachronique, j'opposais entre elles les trois personnes de la Trinité et que, sous les traits du Rédempteur, faisant vivre, flamber et rayonner, le génie authentique et divin, je flagellais d'une main les idées rétrogrades de Dieu le Père, tandis que, de l'autre, je fustigeais la blague incorrigible du Saint Esprit à la langue de feu. Or cela je l'exprime, comme vous savez, dans une scène où je ne crains pas de lâcher bride à tous les jeux de mots.

— Jeux de mots, jeux de vilains ? souligna Pécal.

— Ecoutez et jugez. C'est, vous vous en souvenez, aux noces de Cana. Il y a déjà un grand moment que l'eau fut, par un simple geste du Rédempteur, changée en vin et que l'intolérable persiflage du Saint-Esprit a fait remarquer que ce miracle n'aurait pas lieu « en vain » !

Les conversations se sont échauffées. Tous parlent à la fois ou du moins peu s'en faut.

Ce chambertin

Est incertain

Je veux encore en boire un brin !

chante à tue-tête, un disciple qu'on essaie d'éloigner.

Judas traîtreusement à Saint Joseph qui, grippé, tousse à fendre l'âme :

— Ton thé t'a-t-il guéri ta toux ?

Et les lazzis d'éclater :

— Petit pot-à-beurre quand te dépetit-pot-à-beurreras-tu ?

— Je me dépetit-pot-à-beurrerai quand tous les petits pots-à-beurre se seront dépetit-pot-à-beurré !...

— Rat à os, coq à os, poule aussi, ver non !...

— Pie bâtit haut ! Caille bâtit bas ! Ver sans os. Taupe en a.

— Fruits cuits ? Fruits crus ?

— Vous êtes bien Omar ?

— Je suis Omar Lefranc.

— Petit-fils du géant Goliath ?

— Qui déjeunait d'un bœuf à la coque et dînait d'un pâté de maisons !

— Maman servez à boire !

— Je ne suis pas la mère à boire !

— Hé ! là-bas le Nubien !...

— Comment me trouves-tu ?

— Nu bien ni mal, mon cher !...

— Il a des dents trop longues !

— Des dents à huit boutons !...

— Elle teint ses cheveux ! Quelle idiote !

— La teinture d'idiote !

— Pilate !

— Oreste !

— Quelle différence y a-t-il entre un juge et un escalier ?

— Le juge fait lever la main et l'escalier le pied.

— Bravo !

— La femme dit bravache !

— Vous n'êtes pas poli, monsieur !

— Comme un miroir, madame !

— Un miroir à lutins ?

— Magdeleine qui pleure !

— Sa fonction ! Elle a embrassé la carrière des larmes !

— Aux larmes citoyens !

— Vous êtes un sot, monsieur et cher apôtre !

— Vous êtes un sot périlleux, monsieur et cher disciple !

— Je suis un médecin ! Médecin accoucheur !

— Découcheur est plus juste !

— C'est un avare et pourtant il a donné deux drachmes !

— Explosion de grigou !

— Quel plat est-ce donc là ?

— Des canassons à la rouennaise !

— On se tord dans ce coin ! Ils rient à qui mieux mieux !

— Préféreriez-vous à qui pis pis, monsieur ?

Et voici que, dans le silence obtenu d'un regard, la voix du Rédempteur emplit l'espace de ces paroles :

Et c'est pour ces idiots là
Que Jésus mourra en croix !...

Lancrit, ayant fini sa lecture, interrogeait son auditeur. Successivement, Pécal avait souri, ri, ricané, pâli, rougi, ôté sa jaquette, dénoué sa cravate, déboutonné son faux-col, et, les joues violacées, les lèvres tremblantes, il ne put que prononcer ces mots :

— F... le camp !...

— C'est bien et je vous remercie, répondit Lancrit en saluant. Je vois ce qu'il faut que je fasse, je retrancherai cinq à six « à peu près ».

## XXIX

## Lancrit a du vague à l'âme

Rien n'y faisait. Le four du *Rédempteur* tenait toujours bon, ou plutôt, pour Lancrit et pour Brouart, tenait toujours mauvais.

Vainement le théâtre annonçait chaque matin que la recette s'était élevée à dix-neuf mille trois cent quarante-sept francs vingt-quatre centimes, et que, dans les seules journées de samedi à dimanche neuf heures du soir, « on avait fait » soixante-quatorze mille cinq cent trente-deux francs quarante-quatre centimes dus à une légère majoration imposée par une telle affluence qu'on avait refusé plus de deux mille personnes. Cela ne prenait pas. Le public savait parfaitement à quoi s'en tenir et les marchands de billets qui attaquaient les passants à coups de fauteuils ne provoquaient que le rire, la terreur, ou la surdité.

Un fait nouveau précipita la chute. Un triomphe venait d'éclater tout à coup et les acclamations d'une salle poussaient, — si l'on peut dire — en fusée volante, vers les plus hautes nues un chef-d'œuvre et un nom tous deux hier encore inconnus.

Vraiment, il y avait eu le frisson. Ah ! ça n'avait pas été spontané ! On était venu avec l'espoir pas même secret de s'amuser follement à ce drame. Mais voilà que, dès les premiers mots, la chose imposait la surprise. L'intérêt naissait, l'émotion grandissait, le frémissement se propageait de coude à coude et l'assistance entière debout hurlait son enthousiasme, ivre de se sentir unanime et sincère devant la vraie beauté.

Rougel ? André Rougel ? Vous connaissez ? En moins d'un quart d'heure cet inconnu était le plus connu des hommes. On savait qu'il avait vingt-trois ans cinq mois et dix huit jours, ni père, ni mère et pas même vingt-cinq centimes, fussent-ils en nickel. Mais, depuis ce quart d'heure, la gloire et la fortune venaient de lui signer un billet à ordre qu'il pouvait escompter.

— Il paraît que la scène a monté d'un maître ! plaisantait Lancrit au bal costumé des Girolles où l'auteur du *Rédempteur* faisait pivoter sur ses talons rouges, le justaucorps de Voiture lui-même.

— Bravo, mon cher Vincent ! C'est le mot de ce soir !

Lancrit se retourna. Ravissamment blonde, en jeune Lavallière, deux grappes dorées papillotant devant les oreilles et, pour honorer l'histoire, la taille un peu penchée à gauche, Pierrette Bécal souriait avec une gentillesse qui ne pouvait passer inaperçue.

— Vous ? Que je suis donc content ! Vous êtes la merveille en personne, ma chère petite Lavallière !

— Vrai ?

— Aussi vrai que je me nomme Voiture et vous êtes même si belle que je vous supplie de m'appeler Louis au moins pour cette nuit !

— Et que dirait Arlette ?...

— Arlette a, en ce moment cent cinquante ans de plus que moi ! Elle est Gabrielle d'Estrées ! Et puis zut pour Arlette ! Je vous tiens, je vous garde.

— C'est que...

— Rien. J'ai à vous parler.

Il y avait bien déjà quinze jours que Lancrit songeait tendrement à Pierrette. Réellement la jeune Arlette devenait impossible. Au train où elle allait, où le mènerait-elle ? Il n'y avait plus moyen ! Il fallait divorcer. Oui mais le divorce non suivi de mariage, c'était la disgrâce. Alors pourquoi pas Pierrette ? Elle avait gardé pour lui tout au fond de son cœur un « quelque chose », tristement sommeillant mais qui ne souhaitait que d'être réveillé. Lui aussi d'ailleurs se sentait un pareil « quelque chose ». Et puis si Pierrette n'avait pas de fortune, du moins avait-elle son père et la raison sociale Pécal-Lancrit pouvait encore tenir l'affiche dix joyeuses années !

— Pierrette, commença-t-il sourdement après un silence troublé, je suis très malheureux !...

— Pauvre Cricrit ! plaignit-elle, la voix apitoyée. Qu'est-ce qui ne va donc pas ? *Le Rédempteur ?...*

— Ah ! je m'en fiche un peu du *Rédempteur !* C'est moi qui suis malade et peut-être perdu ! Moi qui n'ai pas su retenir le bonheur quand il était tout près, si près de moi ! Ah ! ma pauvre petite Pierrette, il faut que je sois cruellement atteint pour vous dire cela ! Mais si vous saviez ce que j'ai regretté l'entraînement inexplicable qui m'a poussé vers Arlette lorsqu'en réalité tout m'attirait vers vous !...

— Ah ! mon Dieu ! fit Pierrette toute bouleversée. Que me dites-vous là ? Mais qu'est-ce qui vous a fait croire que vous vous étiez trompé si fort en ne me voulant pas ?

— Tout ! Mes idées, mes goûts, mes sentiments qui sont les vôtres et pas ceux de ma femme ! Cette douceur attentive, cette intimité de cœur et d'esprit que j'aurais eues avec vous et que je n'ai pas avec elle ! Je suis très malheureux et, si vous n'avez pitié de moi, je suis même perdu !...

— Oh ! vous exagérez ! Parce que vos goûts ne s'accordent pas avec les goûts d'Arlette ?...

— Mais c'est toute la vie !

— Oh ! voyons, mon ami, c'est un peu excessif et je ne peux pas croire que ce simple désaccord ait suffi pour vous faire comprendre...

— Que c'est vous que j'aimais ? Sans doute ! En faut-il davantage pour faire jaillir de soi-même le sentiment que l'on porte souvent sans le savoir ? Oui ! Oui ! Mille fois oui, c'est vous que j'aimais et la déception, le regret, le remords me l'ont si bien révélé qu'un seul espoir m'attache à la vie, la possibilité de rompre ce mariage et de retrouver un bonheur en échange duquel vous auriez de moi tant de reconnaissance !...

— Je suis infiniment touchée de ce que vous me dites. Mais vraiment cette mésintelligence est-elle suffisante pour rompre ce mariage ?

— C'est bien plus qu'il ne faut !

— N'y a-t-il pas autre chose ?

— Qu'entendez-vous par là ?

— Nous sommes de trop vieux camarades pour que je fasse avec vous la timide jeune fille, prononça-t-elle. Causons donc en garçons et dites-moi, Lancrit...

— Quoi donc ?

— N'êtes-vous pas terriblement cocu ?

— Vous dites ?

— Arlette n'a-t-elle pas déposé un bébé qui n'est pas votre enfant dans son... moïse de noce ? Ne vous a-t-elle pas posé un lapin de fortune ? N'a-t-elle pas eu des amants à la demi-douzaine, et n'a-t-elle pas entraîné papa lui-même sur la pente fatale ?

— Et quand cela serait ? répondit Lancrit ne mériterais-je pas un peu plus de pitié ?...

— Beaucoup plus ! répliqua Pierrette. Seulement cette pitié ne saurait nous conduire au mariage car, pour moi, c'est trop tard, Lancrit, je suis fiancée.

— C'est vrai ? demanda-t-il, haletant.

— C'est la vérité même.

— Et peut-on savoir ?

— Avec André Rougel.

— ... Il a un grand talent ! parvint-il à s'extraire.

Puis se reprenant :

— Demandez-lui donc s'il ferait quelque chose avec moi ?

Pierrette éclata de rire :

— Ah non ! C'est pas mon père ! fit-elle.

## XXX

# La princesse d'Awersbers
# a mis son snobisme à l'envers

— Tout de même, patron, déclara Lancrit, tout le monde ne croit pas au four du *Rédempteur !*...

Et il présentait un large carton timbré d'une couronne princière.

D'un geste de vieille élégance, Pécal dégagea de l'étui les énormes lunettes qu'il a si bien lancées, les lunettes dont le jeune maître a dit qu'elles avaient des lentilles en roues de bésiclettes à pneus d'écaille blonde et des branches tendues tels que les brancards d'un cab. Il y attela son nez « courbé comme un cheval » et, d'un galop, parcourut le papier : « *Princesse d'Awersbers.. jeudi... quatre heures à sept heures... pour les vers jonglés de M. Achille Odouart.* »

— Pour les pauv' de la paroisse, s'il vous plaît ! ajouta Pécal en rendant l'invitation à Lancrit et en remisant ses lunettes.

— Non mais, sérieusement, c'est tout de même chic ! Au lendemain de cette prétendue tape, recevoir un carton comme celui-là ! Un carton de tout premier Gotha ! Famille impériale, cousine d'empereur ! Belle-sœur du roi et salon fermé autant que sa couronne ! Il n'y a pas, c'est un geste épatant au milieu du lâchage des autres et, seule, une grande bonne femme comme la princesse pouvait avoir cet élan dans la noblesse et la simplicité ! Vous l'avez vue, patron ?

— Oui.

— Comment est-elle ?

— C'est une vieille folle.

— Vous la connaissez donc ?

— Sûr que je la connais ! Même qu'il y a dix-huit ans de ça j'étais très bien en cour. Elle n'avait guère alors que quarante-cinq ans et l'air d'un beau gendarme blond ! Je dus m'en aller brusquement rapport à des tentatives faites à mon endroit, si j'ose dire, et, tu m'entends, Cricri, je te jure, ce jour-là, je l'ai échappé laide !...

— Oui, vous la débinez comme un nationaliste, parce qu'elle est étrangère. Mais avouez qu'elle n'est pas banale et, qu'en dehors d'une aristocratie indispensable, il n'y a pas chez elle un seul homme connu.

— Oh ! Ça je te l'accorde ! Il lui faut de l'inédit ! Il lui faut du nouveau à deux têtes comme dit ton joyeux *Rédempteur*. La princesse d'Awersberg met son snobisme à l'envers. Mais si tu veux m'en croire, tu ne mettras pas le tien dans son thé de jeudi !

— Pourquoi ?

— Parce qu'il te tomberait sur la nuque quelque chose d'effroyable qui te ficherait immédiatement les quatre fers en l'air devant la société...

— Vous blaguez ! Mais pensez que c'est très utile pour moi de me rendre à cette invitation ! Je traverse une crise. Ce thé de la princesse est, pour moi, la consécration offerte ! Il faut qu'on m'y voie, qu'on m'y remarque et je tiens tellement à rehausser ma présence chez elle que je vous demande en grâce, mon cher patron, de m'y accompagner.

— Tu es fou ?

— Non ! Vous serez là ce que vous avez toujours été pour moi, mon grand parrain de Lettres, un parrain qui m'a été quelquefois bien cruel et qui, par conséquent, me doit une compensation !

— Là ! Je m'y attendais ! Parce que je t'ai fait cocu, je te dois tout maintenant ! Je suis à ton service ! D'abord, c'est impossible ! De quoi aurais-je l'air ? Je n'ai reçu, Dieu merci, la moindre invitation.

— Je m'en charge.

— Mais pourquoi ?

— Pour que vous puissiez dire, avec toute votre autorité, ce que je ne peux dire actuellement de moi et de ma pièce ! Que le *Rédempteur* est un chef-d'œuvre, mais surtout que mon drame est un succès, un vrai succès, un triomphe sans précédent, qu'il réalise à Paris des recettes immenses et qu'il est couvert d'acclamations dans l'univers entier !

Pécal eut un rire silencieux, un rire indien.

— Ah ! C'est pour ça ? fit-il, s'illuminant de joie. Tu ne sais pas ce qui t'attend. Mais du moment qu'il s'agit de ta gloire, c'est entendu, j'en suis.

Chez Elle, devant Elle en robe aérienne, en boucles blondes, auréolées d'un turban si mousseux que Lancrit se dit à lui-même : « Turban sauce Béchamel », un jeune homme âgé de quatorze ans au plus, évoluait sur ses pointes, la redingote soulevée en biplan, jonglait avec des rimes et un double jeu de mandarines qu'il lançait et rattrapait tour-à-tour, symbolisant ainsi le papillonnement des mots en même temps que l'envoi des idées.

— Maidre ! Maidre ! exclama la princesse à la vue de Lancrit. Quelle choie ! Quel honneur ! Quel ponheur !...

— Princesse, je suis confus...

— C'est un modeste ! protesta Pécal. N'attendez pas de lui qu'il reconnaisse que le *Rédempteur* est le plus beau chef-d'œuvre !

— Le plus peau !

— Le plus digne d'envie ! ne put retenir le patron.

— Le blus extraordinaire ! surmonta la princesse.

— Et qui n'est égalé, couronna Pécal, que par le succès inouï, le triomphe admirable universel !...

Mais, tout à coup, la princesse congestionnée et les lèvres tremblantes :

— Daisez-vous, méjant homme ! Fous insultez M. Langrit et vous offensez mes blus téligats sendiments ! Groyez-fous tonc que zi le *Rélandeur* édait un zuccès gomme fus dides, che l'abrézierai gomme che l'abrézie ? Z'il édait gombris bar la fule, ché l'aurais en horreur, et zi chez l'aime et ché l'admire, z'est gu'il est le blus grand four gue l'on oit chamais fu !

— Eh ben, mon vieux ?... chuchota le patron.

— Ça y est. J'ai mon compte, répondit de même Lancrit.

— Maidre ! Maidre ! reprenait la Muse. Exbliguez-nous les gauses brovondes et pelles de fodre si splendide inzuccès !...

— Explique...

Mais Lancrit se reprenant devant la joie convulsive de Pécal, prononça :

— Les arrêts du public ne s'analysent pas, princesse, et l'on ne peut pas plus s'expliquer l'insuccès de Lancrit que l'on ne peut comprendre le succès de Pécal !...

## XXXI

# Fin prématurée de Lancrit

... Et tandis que ces choses bien parisiennes se passaient,
voici qu'avec un fracas plus formidable que le tonnerre
dans un ciel incrédule et léger, la guerre éclata.

Dès les premiers moments, ivre de patriotisme, Lancrit
avait mené, chez les Pécal, un inapaisable vacarme de fureur et de désespoir, à cause que le conseil de réforme ne
voulait pas de lui pour le service actif. Mais, calme, plus
grave que de coutume, endossant son vieil uniforme de
capitaine territorial, devant les yeux papillotants et les visages crispés de sa femme et de sa fille, Pécal avait im-
posé silence à cette indignation : « Assez, mon vieux ! Car
maintenant, c'est toi le vieux et moi le jeune ! Ce n'est pas
à nous, qui le connaissons, qu'il faut venir la faire au désespoir ! Fini de rire toi et moi, et les autres aussi. Il y a
un bonhomme à qui nous n'avions pas pensé : c'est le Devoir envers notre pays. Il vient nous chercher. Il fait l'ap-
pel. Chacun répond selon ses sentiments. Moi : « Présent ! » ; toi : « Excusé ! ». Je pars au feu. Tu restes au
coin du feu. Qu'adviendra-t-il de nous ? Peu importe. Seu-

lement il apparaît certain que si nous survivons à la guerre,
il y a quelque chose de nous qui n'y survivra pas : c'est
notre façon de comprendre et de traiter la vie. Embrasse le
vieux guerrier et fiche le camp à ton bureau, rond-de-
cuir !...

Lancrit était paré. La mobilisation venait à peine d'être
proclamée, qu'il avait son emploi dans l'administration,
bureaucrate enterré devant sa table jusqu'à la ceinture.
Quelques jours plus tard, seulement, on dit : « Embusqué
jusqu'à la censure ! » et il passa là de délicieux et enthou-
siastes moments. Toute la journée, il restait à son arrière-
poste, les pieds chauffés par les splendides feux de bois et
la tête enflammée par les récits qui lui venaient de là-haut,
de la tranchée où, si l'on avait les pieds gelés, ça chauffait
tout de même. Lui aussi, avec fanatisme, faisait tout son
devoir. N'ayant pour tout g'aive qu'une paire de ciseaux et
un tampon à noircir, n'écoutant que sa prudence, le jeune
« censurion » attaquait, à lui seul, les colonnes des journaux, défenestrait les articles jugés dangereux, et, lion noir
du cirage administratif, plongeait dans les ténèbres les lignes des ouvrages estimés avancés.

Il n'en travaillait pas moins pour son compte. Il écrivait
de frénétiques à-propos en vers sur les batailles qui se li-
vraient au loin, sans lui, et il rêvait de la pièce qu'il signe-
rait seul, le valeureux capitaine, ne pouvant se déclarer
l'auteur d'une œuvre qui serait sa glorification.

Cependant, cette existence sédentaire et plantureuse en-
graissait étrangement Lancrit. Il essaya de lutter contre
l'impression qui se dégage de son aspect. Il accusa l'al-
bumine, mais il atteignit à un si vermeil épanouissement de
santé que son visage provoquait le scandale dans les endroits publics. On se plaignit. On se fâcha. Une campagne
se dessina si menaçante que Lancrit, sur le point d'être
délogé de son poste, obtint d'entrer, avec son grade de
sous-lieutenant de réserve, au service actif, sous les ordres
de son ami Pécal, merveilleux soldat, admirable entraîneur
d'hommes, quatre fois blessé, ayant conquis son quatrième
galon sur le champ de bataille et affecté au commandement
d'un camp d'aviation.

— Ah ! te voilà, mon gaillard ! s'était écrié Pécal avec
une joie large, à l'apparition de son petit ami. Ça te dé-
goûtait donc à la fin de cisailler des papiers au lieu de

barbelés, et de caviarder les correspondances que ton vieux maître envoyait aux journaux ? Tu veux te réhabiliter ? Tu veux être un héros ? On va t'arranger ça !...

— Je veux faire mon devoir en soldat, mais pas en casse-cou ! spécifia Lancrit d'une voix qui chancelait un peu.

— On va t'arranger ça je te dis ! Un mois de préparation et tu décolleras, je t'en fiche mon billet, et ce sera même la première fois que tu t'élèveras !...

Ce fut fait comme annonçait Pécal.

Devant l'appareil que devait piloter Rougel, de qui la gloire, partie des planches du théâtre est, depuis, montée si haut dans les airs. Lancrit recevait les instructions du commandant Pécal. C'était la reconnaissanc , l'inspection d'une hauteur suspecte. Il fallait aller voir ce qui se passait derrière un mur dressé sur l'horizon. Lancrit serait l'observateur et Rougel, comme sergent pilote, le chargé du rapport.

L'appareil s'enleva. Rougel était calme et attentif. Lancrit, nerveux et strident, plaisantait. Il avait déjà fait quelques vols d'entraînement, mais c'était la première fois qu'il volait au danger. Aussi à mesure qu'ils avançaient, son animation devenait de la fébrilité. Il regardait anxieusement le but. Il le narguait. Il défiait la hauteur qui, devant eux, s'abaissait, semblait courber l'échine. Tout à coup, un crépitement se fit entendre en même temps qu'un vol de moustiques invisibles vrombissait autour de l'avion.

— On nous canarde ? balbutia Lancrit.

Rougel mâchonna :

— Qu'est-ce que nous allons prendre ?

— De la hauteur ! implora son compagnon qui, déjà, s'affolait. Plus haut ! Toujours plus haut !...

Impassible, Rougel répondit :

— On n'ira pas bien haut. L'appareil est trop lourd.

— Alors ?

— Alors, c'est l'ordre ! Faut y aller quand même.

— Ah ça ! vous êtes fou ? hurlait Lancrit. Aller nous faire casser la figure pour obéir à un ordre stupide ? Vous n'entendez donc pas ? Tenez ! tenez ! les shrapnells qui éclatent ! Déjà ! Quand nous serons sur eux, en une seconde c'est l'écrabouillement !...

— On fera de l'acrobatie !...

Les obus encadraient d'explosions l'appareil. Lancrit claquant des dents, délirant, s'exaspérait, suppliait, commandait :

— C'est 'diot ! C'est insensé ! C'est un assassinat ! Descendons ! Descendons tout de suite ! Rougel,. mon petit Rougel, c'est le camarade qui vous dit ça ! Descendons ! Voulez-vous descendre nom de D... ! Je vous ordonne de descendre ! D'abord, je suis malade ! Je suis parti souffrant ! J'ai des battements de cœur, j'étouffe. Descendez ! Je suis votre chef. Vous devez obéir.

Flegmatique, Rougel déclara :

— Ecrivez sur une feuille de carnet : « Pour copie conforme, votre grade, votre signature, et je vous pose sur ce champ de luzerne où je vous reprendrai au retour quand moi, j'aurai fait mon devoir. »

Et Lancrit, ayant signe, fut maternellement déposé, tout pantelant, sur l'hospitalier parterre où vint le réenlever Rougel après que, héroïquement, il eut accompli sa mission.

Au retour, après avoir lu le rapport où Rougel avait minutieusement consigné l'épouvantable scène et Lancrit signé sa propre défaillance, Pécal conclut :

« Et voilà ! J'en étais sûr que ça se passerait ainsi. Toutes les immondes lâchetés, toutes les petites ignominies d'arriviste devaient aboutir à cette lâcheté monumentale, à cette ignominie sans nom. Avec une citation pareille, c'est moi, maintenant, qui suis maire de toute ta vie. Je vais trouver le moyen de te réexpédier à l'arrière, non pour te rendre service, mais pour épargner une tache à de braves gens qui, tous, veulent être sans tache. Mais je te mets en même temps à la porte, si je peux dire, de tout ce qui honore ou sert notre carrière des lettres. Si ton nom apparaît dans un journal, dans une revue, en tête d'un livre, ou annonçant de toi une pièce de théâtre, je te jure que je publie ce rapport et que je te fais chasser de partout avec des cris d'horreur ! Je sais quel comédien tu es. N'essaie pas de m'attendrir. Ne rejoue pas la scène de ta passion pour Pierrette. Ma fille n'a pour toi que du mépris et d'amour que pour Rougel qui, lui, apporte avec un brave cœur, un cœur de brave, toute la gloire d'un jeune génie et d'un héros. Toi, va rejoindre tes pareils ! La guerre n'en veut

même plus. Elle les donne à tuer à l'arrière, où leur rou-
blardise, déjà, ne trouve plus de dupes !...

Lancrit, cependant, après l'armistice, essaya de la poli-
tique en province. Mais là, il trouva de tels maîtres en la
combinaison qu'il lâcha la partie... pour la partie véritable,
car, en un établissement qui réunit le monde entier autour
de ses tapis verts, on le vit, inspecteur des jeux, épiant la
tricherie, lui qui, dans la roulette littéraire, l'avait pratiquée
avec un si subtil et magistral doigté !...

FIN

# TABLE DES CHAPITRES


|  |  | Pages |
|---|---|---|
| I. — | Une entrée en matière | 5 |
| II. — | Une affaire d'honneur | 9 |
| III. — | La maternelle | 12 |
| IV. — | L'article à faire ! | 16 |
| V. — | Pécal plaisante, Lancrit pas ! | 20 |
| VI. — | L'avancement | 24 |
| VII. — | Lancrit traite la question Juive | 27 |
| VIII. — | Tapage diurne | 31 |
| IX. — | La lutte pour l'affiche | 34 |
| X. — | Lancrit aimerait-il ? | 37 |
| XI. — | A vol d'auteur | 41 |
| XII. — | Secrets de famille | 44 |
| XIII. — | Le droit à la barbe ! | 48 |
| XIV. — | Une idée d'Eugénie | 51 |
| XV. — | Une lecture | 55 |
| XVI. — | Lancrit conférencier | 59 |
| XVII. — | La croix ! | 62 |

Pages

XVIII. — Un grand mariage ........................ 66

XIX. — Un grand enterrement ................... 69

XX. — Le ménage Lancrit ..................... 73

XXI. — Retour d'Egypte et des choses d'ici-bas... 76

XXII. — La nature parle ........................ 80

XXIII. — Lancrit est dans une situation intéressante. 83

XXIV. — Lancrit s'enferme dans la tour du tapage.. 86

XXV. — Lancrit brûle ses... bateaux .............. 90

XXVI. — Le « tout à l'éche'le » .................... 94

XXVII. — Lancrit décide de devenir un « Foufsman » 97

XXVIII. — Jeux de mots, traits d'esprit, coq-à-l'âne,
devinettes, quiproquos, à peu près,
brocarts et calembours, ou de quoi rire
et s'amuser en société ................... 101

XXIX. — Lancrit a du vague à l'âme ............... 104

XXX. — La princesse d'Awersbers a mis son snobisme à l'envers ....................... 108

XXXI. — Fin prématurée de Lancrit ............... 112

692-12-20. — Imp. HENRY MAILLET, 3, rue de Châtillon, Paris.